아디오스
아툰

아디오스 아툰

김득진 소설집

산지니

차례

나홋카의 안개

안개는 바다를 떠돌다 외딴 항구로 몰려든다. 하얀 배의 연돌에서 피어오른 검은 연기가 안개와 뒤섞인다. 뱃고동이 안개의 미세한 입자 속으로 파고들며 공명을 일으킨다. 어느 순간 알로나가 탄 배를 안개가 삼켜버린다. 바닷물을 들이킨 뒤의 미쳐버릴 것 같은 갈증이 왈칵 밀려든다. 나는 알로나를 떠올려보려 노력하지만 아무리 애를 써도 그녀의 모습은 흐릿할 뿐이다. 알로나는 떠나면서 내 머릿속에 든 기억까지도 거둬 간 것 같다. 다시 눈을 뜨니 항구는 언제 그랬냐는 듯 안개가 걷혀 있다. 하지만 알로나가 탄 배는 항구의 어디에도 보이지 않는다.

*

나는 두 살이 되기 전부터 외할머니 품에서 자랐다. 생모는 유복자인 나를 외할머니에게 맡겨두고 집을 나간 뒤 소식이 없었다. 내 기억에 따른다면 핏줄이라곤 외할머니가 전부였는데, 외할머니는 병원에서 간병 일을 해서 번 돈으로 생계를 이어나갔다. 나는 그런 외할머니에게 착한 손자는 아니었다. 머리가 커갈수록 나는 외할머니에게서 벗어나고 싶어 안달을 했다. 외할머니를 대할 때마다 이유 없이 화를 냈고, 생모를 두둔하거나 감싸는 순간이면 쾅, 소리가 나도록 방문을 닫고 집을 나서서 지칠 때까지 걸었다. 군 입대는 내게 그런 환경으로부터 벗어날 기회를 주었고, 제대했을 때 외할머니는 영원히 내 곁을 떠나갔다. 외할머니가 살던 집 전세보증금을 챙겨 한동안 빈둥거렸지만 얼마 못 가 바닥이 났다. 나는 할 수 없이 일자리를 찾아 나섰다.

마땅히 내세울 스펙 하나 없는 처지였다. 당연히 내가 일할 수 있는 곳은 한정되어 있었다. 건설현장의 일용직이나 편의점 알바 같은 일자리밖에 없었다. 취업을 알선해준다는 노동부 산하의 기관 여러 곳을 찾아 다녀보아도 마찬가지였다. 오래 일할 수 있는 안정적인 일자리가 필요했다. 그때 내 눈에 띈 것이 선원 모집 광고였다. 먹여주고 재워주고 딱 내가 원하던 일자리였다. 임금도 다른 곳보다 훨씬 높았다.

곧바로 수산회사에 이력서를 넣고서, 회사 지정 병원의 신체검사와 간단한 면접을 거친 뒤 고깃배의 말단 선원이 되었다. 배를 탄 경험이 없는 나는 숱한 장애물에 부딪혔다. 그중에서도 가장 견디기 힘든 것은 뱃멀미였다. 게다가 안개까지 나를 괴

롭혔다. 안개가 낀 날은 뱃멀미가 더 심해졌다. 뱃멀미만으로도 힘든데 어로작업까지 해야 했으니, 내게는 어선을 타는 일 자체가 고통이었다. 죽을 뻔한 일도 여러 번 있었다. 배에서 빠르게 풀어내는 그물에 걸려 바다에 빠질 뻔하기도 했고, 명태로 가득 찬 그물을 끌어올릴 때는 도르래에 장갑이 딸려 들어간 적도 있었다. 그런 나를 지켜보던 선장이 소리를 지르며 욕을 해댔다. 저런 병신새끼, 누굴 잡으려고!

기관실로 쫓겨난 나는 손에 걸레를 쥐고서 수시로 엔진을 살폈다. 요란한 소리를 내며 돌아가는 엔진을 들여다보다가 보이지 않는 곳은 손으로 더듬기도 했다. 흔들리는 기관실에 갇혀 있으니 숨이 막혔고 기름 냄새 때문에 멀미가 더 심했다. 종일토록 시커먼 엔진만 들여다보니 내 앞날조차 캄캄하게 느껴졌다. 나는 가끔씩 머리를 갑판으로 내밀어 바람을 쐬곤 했다. 어쩌다가 보이는 사할린 섬은 늘 안개로 뒤덮여 있었다. 지나치는 몇 척의 배에 걸린 일장기가 안개에 가려 흐릿하게 보일 때도 있었다.

수산 회사는 러시아 동부의 항만도시 나홋카에 기지를 두고 있었다. 기지에는 고장 난 배를 고치기 위한 육상 근무자가 배치되어 있었고, 내가 소속된 회사의 육상 근무자는 현지인이었다. 육상 근무자는 배가 입항한 것도 모르고 술을 마시고 있거나 술이 덜 깨서 곯아떨어져 있기도 했다. 연락이 닿지 않는 육상근무자를 찾으러 숙소에 가보면 금발의 미녀를 끌어안고 있을 때도 있었다. 배가 나홋카 항구에 정박했을 때였다. 나는 성실하지 못한 육상 근무자 핑계를 대며 선장에게 사정했다. 선장님, 기관실의 기름 냄새 때문에 속이 뒤틀려요. 육상 근무로 바꿔주면 안 될까요? 선장은 나를 믿지 못하겠다는 표정을 지었다. 나는 어떻게 해서라도 가장 뛰어난 기술자들을 구해서 빠른 시간 내에, 완벽하게, 배를 고치고 말겠다고 큰소리쳤다. 선장은 마지못한 듯 내게 말했다. 딱, 일 년만 육상 근무를 하는 조건이야! 알겠어? 나 때문에 육상 근무자는 곧바로 해고되었다.

마냥 편할 줄 알았던 육상 근무에도 여러 가지 문제점이 도사리고 있었다. 시간적 여유는 많았지만 수당이 없었고, 연고도 없는 낯선 곳에서의 외로움은 견뎌내기가 더 힘들었다. 마치 외딴섬에 버려진 것 같았다. 습기를 머금은 찬바람이 가슴을 사정없이 할퀴었다. 선장은 내게 임시방편으로 공구 창고로 쓰고 있는 컨테이너를 숙소로 정해주었다. 컨테이너 안에서 잠을 자려고 누우면 배의 기관실보다 더한 기름 냄새가 코로 스며들었다. 바닥에 난 구멍으로는 고양이만 한 쥐들이 제집처럼 들락거렸다. 견디다 못한 나는 나홋카 시내를 며칠 동안이나 돌아다녔다. 하지만 내가 머물 만한 숙소를 찾기가 힘들었다. 길에는 젊고 예쁜 여자들이 널려 있었고, 비린내가 채 가시지 않은 옷을 입은 남자들이 잡지의 모델 같은 미녀를 쓸어안고 걸어가는 모습이 자주 눈에 띄었다. 나는 말이 잘 안 통하는 것과 이곳 지리에 어두운 게 답답해서 미칠 지경이었다.

　하는 수 없이 선장에게 전화를 걸어 도와달라고 말했다. 선장은 나와 함께 밥을 먹은 적이 있는 한국 식당에 가서 사정을 얘기하면 쉬까라는 노파를 소개해줄 거라고 했다. 곧바로 나는 한국 식당을 찾아갔다. 식당 주인은 선장이 얘기한 쉬까가 곧 여기에 오기로 되어 있다고 말했다. 식당 주인은 내가 동포라는 이유로 한 번도 본 적이 없는 쉬까의 얘기를 꺼냈다. 여기에 오기로 한 쉬까는 위안부 출신인데, 나홋카에 정착한 지가 꽤 오래되었어요. 그러다 보니 이곳 실정에 대해서 훤히 꿰뚫고 있어요. 어디에 가면 방을 싸게 구할 수 있는지도 잘 알고 있을뿐더러 세놓은 빈방에 대한 정보도 잘 알고 있어요. 게다가 쉬까가 청소를 맡은 건물에도 빈방이 있을지도 모르고…. 동포만 보면 당신의 일인 양 도와주려는 정 많은 분이죠, 쉬까의 과거 얘기만 꺼내지 않는다면. 식당 주인은 내가 몰라도 될 일까지 자세히 설명해주었다.

　식당 주인 여자의 말을 듣고 있을 때, 머리가 희끗하고 주름투성이인 노파가 상반신을 구부린 채 식당 문을 열고 들어왔다. 그 노파가 바로 선장이 얘기한 쉬까라는 것을 짐작할 수 있었다. 식당 주인이 나를 쉬까에게 소개했다. 쉬까의 얼굴이며 꼬부라진 허리에서는 숱한 고난의 흔적이 고스란히 남겨져 있었다. 나는 그런 쉬까의 모습을 보자 왠지 가슴이 답답해졌다. 내 곁에서 영영 떠났던 외할머니를 다시 만난 것 같아서였다.

내가 외할머니에게 그동안 숱하게 죄 지었던 게 새삼스레 떠올랐기 때문이다. 나는 쉬까에게 한국에서 나홋카로 오게 된 까닭이며 한 달 월급이 얼마인지까지 낱낱이 털어놓았다. 쉬까는 내 얘기를 듣는 동안 담배를 두 개비나 연이어 피워 물었다. 쉬까가 내뱉은 담배연기는 안개처럼 식당의 홀을 뒤덮었다. 그런 뒤 안갯속에서 벗어나려는 듯 말없이 내 손을 잡아끌었다.

쉬까가 나를 데려간 곳은 나홋카 시내에서 버스로 십 분 거리에 있는 마을이었다. 항구를 끼고 있는 외딴 마을에는 포트홀이 군데군데 패인 아스팔트길을 따라 냉동 창고와 수산회사들이 줄지어 있었다. 건물이 들어서지 않은 평지에는 펜스를 둘러쳐서 철재나 나무상자들을 쌓아두었다. 쉬까는 나를 도로변에 있는 낡은 오 층 건물로 이끌었고, 나는 쉬까를 따라 건물의 어두컴컴한 계단 끝까지 올라갔다. 건물의 옥상으로 통하는 문을 여니 경량 칸막이로 만든 옥탑방 한 채가 덩그러니 놓여 있었다. 옥탑방은 자물쇠로 잠겨 있었다. 나는 옥탑방의 구조를 확인하기 위해 반투명 유리를 끼운 창문을 밀쳐보았다. 문틈으로는 액자에 든 금발의 젊은 여자가 보였다. 여자의 사진을 한참 동안 들여다보고 있을 때 쉬까가 말했다.

지금은 내 손녀가 살고 있네. 자네가 이 방이 마음에 든다면 곧바로 비워줄 수 있어.

옥탑방은 내가 임시로 지내던 컨테이너에 비한다면 호텔이나 다름없었다. 사진으로 본 쉬까의 손녀와 한집에서 지낼 수 있다는 사실이 나를 괜스레 들뜨게 했다. 게다가 월세가 쌌고 옥상에서 바라다보이는 전망도 좋았다. 사방이 툭 트인 것이 멀리 바다까지 한눈에 들어왔다.

나는 가방에 든 접이식 망원경을 꺼내 항구의 전경을 둘러보았다. 항구에 이어진 펜스의 곳곳에는 검문소가 설치되어 있었고, 검문소에는 제복을 입고 총을 어깨에 걸친 남자가 근엄한 표정으로 서 있었다. 항구의 반대편 도로변에는 오래된 호텔 몇 채와 주유소가 들어서 있었다. 주유소는 경사가 가파른 산을 깎아 지은 듯했다. 오 층 건물은 낡은 호텔과 주유소 사이에 끼어 있었다. 오 층 건물 뒤편으로는 급경사의 언덕을 개간해 만든 밭이 보였고 그 옆에는 가축용 축사 몇 채와 짐승을 키웠음직한 농장이 잡초가 무성한 채 버려져 있었다. 나는 망원경을 접어 가방에 넣으며 당장 이사 오겠다고 쉬까에게 말했다.

나는 쉬까와 함께 버스를 타고 시내로 돌아왔다. 쉬까는 나를 버스정류소에서 멀지 않은 슈퍼마켓으로 데려갔다. 슈퍼마켓에는 쇼핑을 하러 온 사람들로 붐볐다. 쉬까는 쇼핑객들이 카트를 앞세운 채 줄지어 선 곳으로 나를 데려간 뒤 입구 쪽 계산대를 손으로 가리켰다. 계산대에는 금발의 머리를 뒤로 묶은 채 바쁘게 움직이는 여자가 보였다. 쉬까와 내가 계산대 가까이 다가갔지만 여자는 그조차 모르고 있었다. 여자의 희고 가는 목에는 상아 펜던트의 목걸이가 걸려 있었다. 쉬까가 여자를 향해 알로나! 하고 불렀다. 여자는 힐끗 뒤를 돌아보았다. 곧이어 알로나는 쉬까와 나를 쳐다보고 흠칫 놀란 표정을 지었다. 그리고는 나를 향해 쁘리비옛, 하고 대답했다.

알로나는 옥탑방 창문 틈으로 봤던 액자 속 얼굴과 똑같았다. 나는 알로나가 쉬까의 손녀라는 것을 단박에 알아챘다. 알로나와 쉬까는 내가 알아듣지 못하는 러시아 말을 주고받으며 언성을 높였다. 쉬까는 계산대에 줄지어 선 사람들이 눈에 보이지 않는 듯 알로나를 향해 고함을 지르기도 했다. 한참 동안 알로나와 실랑이를 하던 쉬까가 나를 돌아보며 말했다.

자네, 곧바로 짐을 옮기도록 해.

나는 쉬까의 말을 듣자 괜스레 마음이 설렜다. 싼값으로 지낼 방을 구한 데다 알로나처럼 아름다운 여자를 늘 가까이서 볼 수 있다니. 육상 근무를 하게 된 게 다행스러웠고, 쉬까가 눈물 나게 고마웠다. 쉬까는 알로나가 내민 열쇠를 낚아채서 나에게 건넸다.

숙소가 해결되자마자 곧바로 쉬까와 함께 가재도구를 장만하기 위해 더 큰 슈퍼마켓으로 갔다. 필요한 물건들을 하나씩 쇼핑 카트에 담았다. 조립식 옷장, 쓰레기통, 수저, 밥공기 등…. 카트를 앞세우고 진열대의 모서리를 돌고 있을 때였다. 뒤따라오던 쉬까가 갑자기 비명을 질렀다. 나는 깜짝 놀라 돌아보았다. 쉬까는 현기증이 나는 듯 무릎을 짚고 오른손은 이마에 댄 채 고개를 숙이고 있었다. 나는 카트를 세워두고 쉬까가 쓰러지지 않게 부축해주었다. 쉬까의 이마에는 땀이 흘러내리고 있었다. 병원에 가봐야 되지 않느냐고 하자 쉬까는 가끔 이런다며 별일 아니라고 손을 저었다. 쇼핑객들은 메가폰을 들고 소리를 질러대는 남자를 에워싸고 있었다. 나는 카트를 끌고 쉬까와 함께 인파 속을 헤쳐 나왔다.

나는 알로나가 쓰던 가구를 일 층의 쉬까 방으로 옮겼다. 냉장고와 식탁, 침대는 내가 쓰기로 했으니 옮겨야 할 가구라고는 천으로 만든 옷장과 칠이 벗겨진 서랍장이 전부였다. 가구를 들어낸 자리는 먼지가 더께를 이루고 있었다. 나는 새로 산 빗자루와 걸레를 옥탑방으로 가져왔다. 안개가 품고 있던 습기를 고스란히 빨아들인 먼지는 바닥에서 쉬 떨어지지 않았다. 비질로는 감당할 수 없어 물걸레로 닦아 나갔다. 몇 번 문지르는 사이에 걸레는 새까맣게 변했다. 물걸레에 달라붙은 먼지 속에는 꼬부라지거나 색깔이 제각각인 머리카락들이 뒤엉켜 있었다. 방의 구석진 곳에는 남자 양말, 면도기, 콘돔, 하얀 알약 등이 널브러져 있었다. 나는 몸의 때를 밀 듯 수없이 걸레를 빨아가며 방을 닦고 또 닦았다. 그랬는데도 방 어디에선가 낯선 남자의 비릿한 냄새가 안개의 미세한 입자 속에 숨었다가 튀어나올 것 같았다. 나는 고개를 갸웃거리다가 걸레를 내던지고 슈퍼마켓에서 사 온 서랍장과 천으로 만든 옷장을 바삐 들여놓았다.

쉬까가 오 층 건물 청소를 맡은 지는 꽤 된 것 같았다. 건물 주인은 블라디보스토크에 살고 있다고 했다. 주인이 건물 관리까지 맡기는 바람에 나홋카 시내에서 살다가 여기로 이사를 했다며 쉬까가 말을 이었다.

알로나는 시내에 혼자 살겠다고 버텼다네. 할 수 없이 옥탑방을 따로 얻어주는 조건으로 이곳에 데려왔지. 그런데 알로나는 수시로 남자를 옥탑방으로 끌어들였지 뭐야. 옥탑방에 남자의 기척이 있을 때마다 식칼로 문틀을 찍어댔지만 아무 소용이 없었어. 그걸 보다 못해 방을 내놓기로 한 거야.

쉬까가 살고 있는 단칸방은 오 층 건물의 일 층 한 귀퉁이에 있었다. 창고를 단칸방으로 개조한 탓에 허술하기 짝이 없었다. 싱크대가 막히거나 문고리가 고장이 나서 수시로 손을 봐야 했다. 그럴 때마다 나는 컨테이너에서 공구를 가져와서 고쳐주었다. 그런 나를 쉬까는 마치 친손자를 대하듯 했다. 배가 항구에 들어왔다는 연락을 받고 나갔다 돌아오면 된장찌개를 끓여놓기도 했고 잘 삭힌 김치를 곁들인 밥을 지어놓기도 했다.

알로나와 쉬까는 무슨 이유에서인지 나를 파파라고 불렀다. 러시아에서는 집안의 가장을 그렇게 부르는 것 같았다. 쉬까가 나를 파파라 부를 때는 짙은 안갯속에 갇힌 사람이 부르짖는, 어떤 애절함 같은 것이 느껴졌다. 파파라는 말은 쉬까의 입에 오랫동안 길들여진 듯했다. 나는 쉬까의 스스럼없는 입 모양을 가만히 바라보면서 숱한 파파들을 떠올릴 수 있었다. 바다에 낀 안개에 가려져 실체를 알 수 없는 파파들이 오 층 건물의 스산한 음영 속에 숨었다가 튀어나올 것만 같았다.

화장품을 사서 쉬까의 단칸방 화장대 위에 올려놓고 온 날이었다. 청소를 끝내고 올라온 쉬까가 옥탑방 문을 빠끔히 열며 말했다.

파파가 내 화장품을 사다 놓은 거야? 고맙긴 하지만 쪼글쪼글한 내 얼굴에 발라 봐야 헛일인 걸.

쉬까는 생각지도 않았던 나의 선물에 감동한 듯 들떠 있었다. 이윽고 쉬까는 몸을 돌려 옥상 난간 쪽으로 다가갔다. 나는 냉장고에서 주스 캔 두 개를 꺼내들었다. 쉬까는 멀리 바다를 바라보고 서 있었다. 그 눈빛이 깊어져 있었다. 나는 의자를 쉬까 옆에 끌어다 놓으며 캔을 따서 건넸다. 쉬까는 내가 사다 준 화장품을 쥔 손을 품속에 감추고 있었다. 쉬까는 나머지 손으로 캔을 받아들며 길게 한숨을 내쉬었다.

저 바다만 건너면 고국 땅이 보일 테지?

쉬까는 혼잣말처럼 중얼거렸다. 나는 쉬까에게 묻고 싶은 말들이 많았지만 조심스러웠다. 괜히 아문 상처를 들쑤시지나 않을까 해서였다. 그런 내 마음을 읽기라도 한 것처럼 쉬까는 바다에 시선을 둔 채 말했다.

나는 사할린에 징용으로 끌려온 한국인 부모에게서 태어났지. 열세 살이 되었을 때 일본 순사들이 갑자기 우리 집에 들이닥쳤어. 군수물자를 만드는 공장에 일손이 부족하니 나를 데려가야겠다고 말야. 일본인들의 거짓말에 숱하게 속아왔던 엄마는 절대로 못 데려간다고 내 앞을 막아섰지. 엄마가 일본순사의 바짓가랑이를 잡고 매달려도 보았지만 칼을 빼들고 위협하는 그들에게 맞설 수는 없었어.

쉬까는 그때의 일을 떠올리는 것조차 힘겨운 듯 화장품 병을 쥔 손으로 가슴을 두드렸다. 잠시 후 쉬까는 그만 쉬어야겠다며 계단을 내려갔다. 나는 쉬까가 내려가고 나서도 한동안 옥상에서 바다를 바라보며 안갯속을 더듬었다. 쉬까의 지난한 삶을 다 알 수 없었지만 얼마나 힘들었을까 싶었다. 그 생각 끝에 사진으로만 봤던 생모 생각이 났다. 저 바다만 건너면 고국이었다. 그렇지만 돌아가고 싶다는 생각은 없었다.

텔레비전의 저녁 뉴스를 보고 있을 때였다. 계단을 올라오는 발자국 소리가 들렸다. 하이힐이 내는 소리는 톤이 높으면서도 여렸다. 두근거리는 마음을 억누르며 방문을 열자, 알로나가 계단에 모습을 드러냈다. 곧이어 알로나는 시선을 항구 쪽으로 향한 채 난간에 다가섰다. 알로나의 손에는 보드카가 들려 있었다. 알로나는 안개로 뒤덮인 항구를 내려다보며 보드카를 병째 들고 마셨다. 알로나의 손에 쥐어진 보드카 병의 바닥은 하늘로 향한 채 그녀의 어깨와 더불어 잔잔하게 떨리고 있었다. 입에서 보드카 병을 뗀 순간에는 긴 한숨을 내뱉으며 허공을 바라보기를 되풀이했다. 곧이어 음정이 맞지 않는 바이브레이션에 실린 노래와 억눌린 듯한 흐느낌이 뒤섞여서 들려왔다. 나는 몇 번이나 방문을 향해 시선을 옮겼다가 눈길을 돌려 알로나를 쳐다봤다. 손에는 언제 꺼냈는지도 모르게 알로나에게 쥐

여줄 손수건이 들려 있었다.

텔레비전을 켜놓고 있었지만 내 정신은 온통 알로나에게 쏠려 있었다. 뉴스가 끝날 즈음이었다. 알로나가 보드카 병을 좌우로 흔들며 옥탑방으로 들어왔다. 나는 얼른 일어나 떨어질 듯 알로나에게 쥐어진 보드카 병을 받아 들었다. 술병은 절반이 넘게 비어 있었다. 알로나는 내 어깨에 머리를 기대며 평소보다 더 애틋한 목소리로 파파라고 불렀다. 나는 휘청거리는 알로나를 두 손으로 부축했다. 알로나의 맨살에서 안개가 훑고 간 감촉이 느껴졌다. 나는 알로나에게 파파라 불린다는 것부터가 싫었다. 알로나는 내 입에 제 입술을 마구 비벼댔다. 나는 그녀의 입에서 풍기는 보드카 냄새가 역겨웠다. 알로나에게, 취하지 않았을 때 해요, 라고 말했지만 그녀는 알아듣지 못했다는 듯 내 몸을 더듬기 시작했다. 알로나의 손길이 닿은 내 몸은 짙은 안갯속에 내던져진 것처럼 느껴졌다. 안개의 차고 스산한 감각은 얼음판 위에서 알몸인 채 손가락으로 튕기는 물세례를 받고 있는 것처럼 섬뜩하게 다가왔다. 안갯속에는 옥탑방을 청소하면서 떠올린 숱한 남자들이 숨어 있는 것만 같았다. 알로나의 손이 주저 없이 팬티 속으로 미끄러져 들어온 순간, 나는 몸을 더 웅크렸다.

내가 눈을 뜨니 방 안이 환하게 밝아 있었다. 팔에서는 낯선 감촉이 느껴졌다. 고개를 돌려보니 금발의 알로나가 알몸인 채 곯아떨어져 있었다. 나는 조심스레 일어나 동쪽으로 난 창문을 연 뒤 항구를 내려다보았다. 항구에는 사람들의 움직임이 거의 보이지 않았다. 붉거나 검은 칠을 한 배에서 고기 상자나 철재를 크레인으로 내리거나 싣고 있었다. 배에서 내려진 물건들은 보세구역에서 며칠을 보낸 뒤 화물차의 적재함에 실려 어딘가로 옮겨질 참이었다. 외딴 항구를 끼고 있는 도로에는 주머니에 손을 넣거나 생필품이 들었을 비닐봉지를 들고 가는 남자들이 보였다. 항구에 정박하고 있는 배의 마스트마다 제각각의 국기가 펄럭이고 있었다. 나는 항구로부터 재빨리 눈길을 거둬들인 뒤 알로나를 흔들어 깨웠다. 잠결에도 알로나는 파파라고 흥얼거리며 나에게 매달렸다. 눈을 뜨지도 않은 채 머리를 내 가슴에 묻고 클레멘타인을 콧노래로 불렀다. 알로나에게서는 아직도 술 냄새가 풍겼다. 내 안에서는 알 수 없는 대상에 대한 질투심이 짙은 안개처럼 피어올랐다.

나는 냉장고에서 찬물을 컵에 따라 알로나에게 쥐어주었다. 찬물을 단숨에 마신 알로나는 비틀거리며 일어나 동쪽으로 난 창문을 열었다. 이윽고 알로나는 먼바다를 바라보며 눈물을 글썽거렸다. 창틀에 상체를 걸치고 엉덩이를 뒤로 뺀 자세였다. 나는 알로나의 뒷모습을 본 순간 알 수 없는 욕정이 솟구쳤다. 눈에서 열기가 치솟으며 시야가 흐려졌다. 알로나에게 가까이 다가갔다. 두 손을 알로나에게 뻗은 뒤 겨드랑이를 지나쳐 봉긋한 가슴으로 옮겨갔다. 가슴을 만지던 손은 서서히 아래로 향했다. 손가락이 팬티를 들추고 음모를 더듬으며 내리뻗으니 젖은 음부가 만져졌다. 나는 팬티를 내리고 늘어진 페니스를 간신히 발기시켜 음부 속으로 밀어 넣었다. 알로나의 마음을 나에게로 끌어당기는 길은 음부를 통해 나 있을 거라고 막연하게 생각했던 거였다. 그럴 때도 알로나는 아무런 저항을 하지 않았다. 알로나는 나의 거친 숨소리에도 아랑곳없이 클레멘타인 노래를 신음 소리에 섞어 한숨처럼 뱉어냈다. 시선은 바다로 향한 채 허리를 더 낮추고 엉덩이를 시계 반대 방향으로 돌렸다. 알로나의 몸은 쉽게 열렸지만 마음은 어느 먼 곳을 떠도는 것만 같았다. 그 때문에 나는 알로나를 더 거칠게 끌어안았다. 그런 행위가 끝나고 나자 아무리 먹어도 채워지지 않는 허기 같은 것이 밀려들었다.

어선이 쿠릴 열도를 돌아 항구로 돌아온다는 연락이 오자 나는 바빠졌다. 배들은 언제나 밀물처럼 한꺼번에 몰려들었다가 썰물처럼 빠져나갔다. 어선이 항구에 정박하기 바쁘게 나는 러시아 기술자들과 함께 배를 고쳤다. 숨을 돌리는 사이에는 브리지로 올라가서 망원경으로 옥탑방을 살폈다. 브리지에서 바라보는 오 층 건물은 알로나의 마음처럼 흔들리고 있었다. 온갖 험한 일을 다 겪어온 쉬까도 알로나만은 어찌하지 못하는 것 같았다. 나는 망원경을 오 층 건물의 흔들림에 맞추려고 몸을 이리저리 기울여보았다. 그럴 때마다 렌즈에 언뜻 스쳐가는 금발의 머리는 내 몸과 엇박자로 흔들렸다.

나는 낡은 배를 고치느라 러시아 기술자들과 밤을 꼬박 샜다. 일을 마치고 집으로 돌아온 새벽, 일 층의 단칸방은 불이 꺼진 채 고요했다. 언제부턴가 나의 하루는 알로나가 흥얼거리는 노래를 듣는 걸로 시작했다. 알로나의 노랫소리가 들리지 않자 건물 전체가 텅 빈 것 같았다. 몸은 피곤했지만 알지 못할 공허함 때문에 잠이 쉬 올 것 같지 않았다. 나는 동쪽 창문을 열고 항구를 바라보았다. 짙은 안개가 낀 탓에 처음 배를 탔을 때처럼 속이 울렁거렸다. 동쪽 창문을 닫고 산으로 난 서쪽 창문을 열었다. 경사가 심한 밭에서는 머리에 수건을 말아 쓴 여자가 호미질을 하고 있었다. 여자가 호미로 땅을 한 번 내리찍었다가 끌어올릴 때마다 감자 줄기가 따라 올라왔다. 줄기 끝에는 새끼 감자가 달려 있었다. 여자는 손으로 감자 줄기에서 새끼 감자를 훑어냈다. 어디선가 클레멘타인 노래가 들려왔다. 노래가 들린 곳은 텅 빈 목장 쪽이었다.

나는 잠을 자려던 생각을 접고 계단을 통해 아래로 내려갔다. 노랫소리는 더 이상 가까워지지 않았다. 가게에서 몇 가지 반찬과 음료수를 사오다가 쉬까를 만났다. 쉬까는 오 층 건물 계단의 유리를 닦는 중이었다. 나는 쉬까에게 잠깐 쉬었다 하라며 손을 잡아끌었다. 낡은 의자를 끌고 와 쉬까에게 앉으라며 권했다. 나는 의자에 앉은 쉬까의 목과 어깨, 팔꿈치까지 주물렀다. 쉬까는 싫지 않은 듯 눈을 곱게 흘기며 말했다.

파파가 내 이야기를 듣고 싶어 이러는 거지? 내 일생에서는 그나마 이곳 농장에서 일할 때가 가장 행복했어. 선주였던 그 남자가 돈을 많이 벌어서 일군 농장이었지. 농장의 사슴이 오십 마리로 불어났던 거야. 그 무렵 어디선가 아내라는 여자가 나타나서 남자의 허리춤을 잡고 끌고 가버렸어. 나를 안을 때는 한없이 거칠던 남자가 여자에게 맥없이 끌려가며 뒤를 돌아보는 모습을 보았지. 어이가 없었어. 그때 나는 만삭의 몸이었어. 몸을 움직이기도 벅찼던 내가 사슴을 돌보기란 여간 힘든 게 아니었어. 키우던 사슴들은 결국 울타리를 뛰어넘어 달아나거나 남은 놈들은 모두 죽어버렸지 뭐야. 그때 뱃속에 있던 아기가 바로 알로나의 아비야. 홀몸으로 낳아 기른 아들은 장성한 뒤 러시아 여자와 결혼을 했지. 무용수였던 여자는 알로나를 낳고는 집을 나가버렸어. 아들도 제 마누라 찾겠다고 어디론가 떠나버렸고. 알로나를 내게 맡겨놓고 말야. 알로나가 세 살 때였으니까 소식이 끊긴 지 20년이 넘었지. 나는 알로나의 아비가 언제 돌아올지 몰라 이곳을 떠나지도 못해. 그런데 알로나마저 놈들에게 몹쓸 짓을 당하고 저 꼴이 되었으니, 내가 살아 있어도 산목숨이 아니야.

쉬까의 손때 묻은 목장의 철제 펜스는 녹이 슬어 쓰러질 것 같았다. 목초들은 웃자라 누렇게 변해 있었다. 잠시 생각에 잠겨 있던 쉬까가 불쑥 말했다.

그 남자, 참 자상했었지. 만신창이가 되어 안갯속으로 숨어든 나를 따뜻하게 보듬어준 사람은 그 남자뿐이었어. 결국 다들 내 곁을 떠났지만 말야, 남자도 아들도 며느리도.

쉬까는 씁쓸한 표정으로 잡초가 우거진 농장을 바라보았다.

이튿날 저녁이었다. 아래층에서 알로나의 노랫소리가 들렸다. 나는 책을 펼쳐들고 있었지만 글씨가 눈에 들어오지 않았다. 곧이어 계단을 통해 불규칙한 하이힐 소리가 들렸다. 책을 던지고 일어나 방문을 열어젖혔다. 금발을 좌우로 흔들며 계단에 모습을 드러낸 알로나는 눈부셨다. 무늬가 화려한 홈드레스의 비즈가 옥탑방 불빛에 반사되어 얼굴에 무늬를 만들었다. 손에는 금박을 입힌 보드카 병이 들려 있었다. 나를 보자 알로나는 고개를 왼쪽으로 약간 기울인 채 어깨를 으쓱하며 웃었다. 냉장고를 열어 소시지 두 개를 꺼내서 가스레인지에 구웠다. 딱딱하던 소시지는 껍질이 팽팽해지며 속이 물러졌다. 내가 칼을 대는 순간 소시지가 쪼그라들었다. 소시지를 도마 위에 얹고 가능한 한 잘게 잘랐다. 나는 소시지를 접시에 담은 뒤 냉장고에서 꺼낸 케첩을 접시 가장자리에 짜 두었다.

알로나는 옥탑방의 창문을 연 뒤 한동안 항구를 멀거니 바라보고 있었다. 알로나의 얼굴은 안개가 훑고 간 것처럼 젖어 있었다. 한참 만에 몸을 돌린 알로나는 비틀거렸다. 나는 알로나의 팔을 끼고 식탁으로 이끌었다. 의자에 앉은 알로나의 눈썹에는 이슬이 맺혀 있었다. 나는 서쪽 창문을 열어젖힌 뒤 동쪽 창문을 닫았다. 숲을 거쳐 온 바람이 옥탑방으로 밀려들었다. 알로나의 표정은 더 어두워졌다. 나는 알로나를 의자 등받이에 기대게 한 채 싱크대 속의 크리스털 잔 두 개를 찾아와서 술을 따랐다. 알로나는 문득 생각이 났다는 듯 홈드레스 주머니를 뒤져 사진을 꺼냈다. 알로나는 사진을 가슴에 얹고 두 손으로 포갰다. 알로나는 잔주름이 진 흑백 사진을 내 얼굴에 갖다 댔다. 사진과 나를 번갈아 쳐다보며 파파! 하고 불렀다. 사진 속의 남자는 나와 닮아보였다. 나는 남자와 닮았다는 사실에 기분이 언짢았다. 나는 내 것이 아닌 술잔으로, 내 것이 될 수 없는 여자를 앞에 앉힌 채, 머잖아 밀려들 어떤 적막을 떠올리며 술을 마셨다. 알로나는 술을 마셔서 그런지 기분이 들떠 있었다. 알로나는 취한 나를 의자에서 떠밀어 바닥에 눕혔다. 거부할 수 없는 완력 때문에 내가 방바닥에 쓰러졌다. 알로나는 내 옷을 완강한 힘으로 벗겼다. 우악스런 알로나의 손에 내 팬티마저 벗겨졌다. 알로나가 적극적으로 설쳐대는 바람에 내 페니스는 더 위축된 느낌이었다. 알로나가 손을 바쁘게 놀렸지만 늘어진 페니스는 미동도 하지 않았다. 알로나는 금발을 뒤로 걷어 젖힌 뒤 페니스를 쥔 손을 입으로 가져갔다. 알로나는 페니스를 입에 물고서도 실성한 사람처럼 누군가의 이름을 연거푸 웅얼거렸다. 그럴 때도 옥탑방의 천장 어딘가에서 안개의 망토를 걸친 남자들이 우리를 내려다보는 것 같았다.

동쪽 창에서 옥탑방으로 햇살이 쏟아져 들어왔다. 나는 눈을 찡그리며 방을 둘러보았다. 전날의 기억하기 싫은 흔적들이 먼지와 함께 떠돌고 있었다. 알로나가 누웠던 자리에는 상아빛

펜던트가 떨어져 있었다. 펜던트의 모양은 박물관에서 봤던 곡옥과 비슷했다. 펜던트는 창을 통해 들어온 햇살을 받아 눈부셨다. 나는 자리에서 벌떡 일어났다. 오늘 어선이 입항한다는 전화를 받은 게 생각났던 것이다. 서둘러 옷을 입고 옥탑방을 나섰다. 쉬까가 계단을 올라오고 있었다. 쉬까는 지나가는 소리로 말했다.

그 애한테 아무리 공을 들여 봐야 헛일일 거야. 아비 정에 굶주려서 그런 건지, 사내만 보면 쉽게 정을 주는 년이야. 제 아비가 떠나고 어린 것이 며칠 동안 밥조차 안 먹고 아빠를 찾으며 울어대더니. 세상의 사내가 다 제 아비로 보이는 건지 원. 그러니까 놈들이 쉽게 보고 돌아가면서 몹쓸 짓을 한 거지. 제 욕구를 채우고 나면 쉽고 난 껍처럼 뱉어버린다는 걸 왜 몰라.

나는 쉬까가 한 말을 곱씹으며 항구를 향해 걸어갔다. 정박한 배의 제각각 다른 국기가 펄럭이는 소리가 유난히 거슬렸다.

배를 고치느라 이틀을 꼬박 뜬눈으로 밤을 샜다. 러시아 기술자들과 고장 난 엔진을 고치고 나자, 어깨가 납덩어리를 얹은 듯 무거웠다. 나는 온몸에 기름이 묻은 채로 항구를 낀 도로를 따라 집으로 향했다. 차들이 뜸한 도로는 어두웠다. 멀리서 개 짖는 소리가 들렸다. 소리는 마치 늑대 울음 같았다. 걸음을 재촉했는데도 집은 좀처럼 가까워지지 않았다. 땀으로 젖었다가 말랐던 옷이 다시 무거워졌다. 정박한 배들이 밝힌 불빛에 옥탑방이 저만치 눈에 들어왔다. 일 층 단칸방의 창에 비친 불빛은 희미했다. 늘 닫혀 있던 단칸방의 창문은 열려 있었다. 나는 갑작스레 긴장감이 몰려들었다. 오 층 건물을 향해 달리기 시작했다. 도로변의 주유소는 벌써 불이 꺼져 있었다. 어찌된 일인지 가게도 깜깜했다. 오 층 건물 입구의 작은 백열등이 바람에 흔들리며 안개 낀 도로를 밝히고 있었다. 나는 숨을 몰아쉬며 어두컴컴한 오 층 건물의 현관으로 발을 들여놓았다. 바람에 쓸려 온 쓰레기들이 현관 구석에 몰려 있었다. 쉬까는 하루에도 몇 번씩 오 층 건물을 청소하곤 했는데 이상한 일이었다. 나는 종잡을 수 없는 일로 머리털이 곤두섰다.

내가 단칸방 문 앞에 이르렀을 때 쉬까의 목소리가 들려왔다. 악을 쓰는 소리와 통곡이 뒤섞여 있었다. 나는 방문을 왈칵 열었다. 쉬까가 알로나를 무릎에 얹은 채 등을 두드리고 있었다. 알로나의 얼굴 근처에는 토사물이 어지럽게 묻어 있었다. 쉬까 옆에는 무청이 떠 있는 양은 대야의 뿌연 물이 보였다. 쉬까 얼굴의 깊게 팬 주름마다 물기가 흥건했다. 알로나가 약을 먹은 것 같았다. 눈앞이 캄캄했다.

병원에 데려가죠!

나는 알로나를 일으켜 세우려 했다.

놔 둬, 죽진 않을 테니까. 전에도 종종 이랬어. 저년 때문에 내가 맘대로 죽지도 못한다니까.

쉬까는 한숨을 길게 내쉬며 말했다. 쉬까는 바지 속에 든 윗옷을 들춘 뒤 담배를 꺼냈다. 쉬까의 허리가 훤히 드러났다. 배의 주름진 살갗에는 대각선의 깊게 팬 흉터가 보였다. 쉬까는 담배 한 개비를 빼서 인지와 중지 사이에 끼운 뒤 라이터로 불을 붙였다. 담배 연기를 깊숙이 빨아들이고는 한참 만에 한숨처럼 토해내길 되풀이했다. 쉬까는 양은 대야의 물에 담배꽁초를 던져넣은 뒤 일어나 바지의 담뱃재를 털어냈다. 쉬까는 알로나의 약을 사러 가야겠다며 문을 열고 나섰다.

자정 무렵, 한국의 수산회사로부터 전화가 걸려왔다. 선장이 일방적으로 말했던 것과 달리 나의 고용 계약을 연장한다는 통보였다. 베링 해협의 어획 쿼터를 더 따냈으니 어선을 고치기 위해서는 지상 근무자가 꼭 있어야 한다고 판단한 것 같았다. 전화를 끊고 나자, 안개를 통해 알로나를 바라보는 것처럼 허탈해졌다. 나는 계단을 거쳐 일 층 단칸방으로 내려갔다. 알로나는 다행히 깊이 잠이 든 것 같았고 쉬까는 손녀를 지켜보며 바느질을 하고 있었다. 옥탑방으로 올라온 나는 찬장에 얹혔던 보드카를 병째 마셨다. 나는 곧바로 침대에 쓰러져 잠이 들었다. 비몽사몽 간에 구급차의 사이렌 소리가 들렸다.

*

망원경으로 항구를 바라본다. 항구에 정박한 하얀 배 한 척이 눈에 들어온다. 빨간 여행 가방을 든 알로나가 배에 다가간 뒤 갱웨이를 오르고 있다. 알로나가 갑판에 오르자마자 배 위의 누군가가 갱웨이를 천천히 끌어올린다. 뱃고동이 길게 울린다. 그러는 사이 안개가 몰려온다. 순식간에 배는 안개에 가려져 보이지 않는다. 나는 안개가 걷히기를 초조하게 기다린다. 안개는 서서히 걷혀가는데 배가 보이지 않는다. 나는 미친 듯이 망원경을 들고 바다를 헤집는다. 항구에서 멀어진 안개가 먼바다의 수평선을 지우고 있을 뿐, 어디에도 배는 없다. 나는 항구의 운항통제소에 전화를 걸어 하얀 배의 도착지가 어디인지 묻는다. 직원은 느리고 또박또박한 러시아 말로 하얀 배는 항구에 입항한 적이 없다고 말한다.

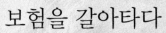

보험을 갈아타다

남편이 보험에 가입하지 않으려는 이유를 알 수 없었다. 내가 보험 얘기를 꺼내기만 하면 남편은 먼저 화부터 냈다. 당장 먹고살기도 어려운데 보험을 드는 건 미친 짓이라고 고함을 지르기도 했다. 그러면서 남편은 자신이 곧 보험이라고 했다. 자기를 믿고 시집을 와서 별 탈 없이 사는 게 보험상품을 잘 선택한 셈이 아니냐고 큰소리쳤다. 그러던 남편은 속옷을 뒤집어 입고 오기도 했다. 어떤 날은 와이셔츠에 립스틱 자국이 나 있기도 했다. 그런 일이 있은 뒤부터 나는 남편에게 의지하고 싶은 마음이 약해졌다. 어딘가에 믿을 만한 곳을 마련하려다 보니 보험 외에는 다른 방법이 없었다. 남편이 보험을 기피하는 이유를 알고 싶었던 나는 호젓한 시간을 골랐다. 남편이 좋아하는 커피를 손수 갈아 내렸다. 집 안에 커피 향이 퍼졌다. 남편의 부드러운 목소리가 내 귀에 닿았다.

"이건 무슨 커피야?"

"당신이 가장 아끼는 르완다 커피잖아요."

"내전으로 피폐해진 나라의 커피가 이렇게나 맛있다는 건 아이러니한 일이야."

부드러워진 음성에 섞인 커피 향이 방 안을 가득 메웠다. 드러나지 않는 여러 가지를 감추고 있는 게 르완다 커피의 매력 아니겠냐고 내가 말했다. 그까짓 커피 때문에 몽롱해져가는 내 목소리가 오히려 매력이겠다며 남편은 되받았다. 내가 나긋나긋해질 때마다 남편은 긴장하는 모습을 보였다. 그럴 때의 커피는 경계심을 누그러뜨리기에 안성맞춤이었다. 아이들 이야기에서부터 친정과 시집 얘기가 오갔다. 집안 대소사도 일일이 짚어나가는 자리였다. 커피 한잔으로 진지한 대화를 이끌어낼 수 있다는 건 신기하기만 했다.

"당신은 무엇 때문에 보험을 싫어하죠?"

"또 보험 얘기야? 이렇게 좋은 분위기에서 말이야."

"당신이 그토록 보험을 싫어하는 이유를 알고 싶어요."

"난, 내 의지와 상관없이 누군가에게 강요당하는 게 싫어."

"N이 또 당신을 찾아갔었나 봐요."

"수수료 눈곱만큼 벌려고 보험회사에 덕을 보이는 구조도 맘에 들지 않아."

내 질문을 에둘러 피하는 남편의 얼굴에 N의 모습이 어른거렸다. N은 보험설계사 일을 하는 내 친구였다. 학교 다닐 때 가깝던 친구들도 보험설계사라고 명함을 내밀면 점차 거리가 멀어졌다. 보험 영업을 하는 애들은 자신의 일에 조금만 관심을 보이기만 하면 집요하게 물고 늘어지는 근성이 있기 때문이다. 남편은 언젠가 보험 영업을 하는 친구에게 사기를 당했다고 했다. 보험회사가 사기를 친 것도 아닌데 그렇게 알레르기 반응을 일으키는 게 이상했다. 내 생각에는 보험회사의 약관을 꼼꼼히 체크한 후 가입하면 문제될 게 없을 것 같았다.

　남편이 술이 취해 돌아온 날이었다. 양복 주머니에 서너 장의 명함이 들어 있었다. 그중에서 아는 이름이 적힌 명함이 눈에 띄었다. 명함에 보험회사 로고가 없었다면 나는 동명이인인 줄 알았을 것이다. N의 명함을 보자 나는 화가 치밀어 올랐다. 그러면서도 N이 어떻게 사는지 안부가 궁금해졌다. 몇 년 전 남편을 잃은 N은 생계 때문에 보험 업계로 뛰어들었다고 했다. 그때 나는 N이 소속된 회사에 보험을 하나 들어주었다. 그때의 보험 가입은 힘든 처지의 친구를 도우려는 마음이었다. 알고 보니 가깝게 지내는 친구들 모두가 그런 뜻으로 N에게 보험 가입을 한 것 같았다. 남편은 그 사실을 모르고 있었다. N은 친구들뿐만 아니라 친구 남편들에게도 접근한 것 같았다. 여자들끼리의 계 모임에서 부부계로 발전된 게 벌써 10년이 넘은 일이었다. 서로 친하다는 걸 핑계 삼아 주고받았던 전화번호를 N은 영업하는 일로 써먹고 있었다. 그 사실을 알게 된 나는 남편에게 주의를 주었다.

"N이랑 나 몰래 전화하지 말아요."

"한때는 스스럼없이 지내라고 했잖아!"

남편의 말에는 짜증이 섞여 있었다. 평소에 보험설계사를 벌레 보듯 했으니 그럴 만도 했다. N이 내 친구가 아니었더라면 남편이 N의 전화를 받았을 리가 없었다. 한편으로 생각해보니 보험보다야 남편이 더 듬직하긴 했다. 그렇지만 남편은 여자 문제로 인한 전과가 있다 보니 N에게도 따끔하게 주의를 주어서 둘 사이가 지나치게 가까워지지 않도록 해야 했다. 나는 N에게 전화를 걸었다.

"얘, 넌 내가 들어준 보험이면 됐잖아. 더 이상 애들 아빠에게 접근하지 않았으면 좋겠어."

"넌, 그걸 그렇게 받아들이니? 섭섭하다 얘."

전화기 건너편의 N은 울먹이고 있었다. 내가 너무한 건 아닐까 생각되었지만 지금 단호하게 잘라놓지 않는다면 곤란한 일이 벌어질 수도 있을 것만 같았다. 나는 미안하단 말을 하고 난 뒤 곧 전화를 끊었다.

남편의 귀가가 늦어졌다. 집에 돌아온 남편은 늘 해주던 하루 일과에 대한 이야기를 한마디도 하질 않았다. 나는 그게 회사의 어려운 경영 여건 때문일 거라고 여겼다. 환율 파동 때문에 일감이 줄었다고 매스컴에서 떠들어델 때였다. 잠든 남편의 손바닥을 살폈더니 전에는 없었던 굳은살이 보였다. 남편의 손바닥에 생긴 굳은살은 나날이 늘어갔다. 나는 어려운 회사 사정 때문에 남편이 온갖 궂은 일을 도맡아 하는 건 아닌가 걱정이 되었다. 밤이 되면 지쳐 늘어진 남편에게 차마 회사 일을 물을 수는 없었다. 옆집 여자가 언제 보았던지 남편의 늦은 귀가를 두고 내 귀에 거슬리는 말을 꺼냈다. 지나가는 말로 '우린 보험을 든 게 별로 없어'라고 했던 말이 와전되어 형편이 쪼들린 탓에 보험 가입을 하지 못한 줄 아는 그녀였다. '큰일이 닥쳤을 때를 생각한다면 보험을 들어뒀어야지. 내일을 알 수 없는 게 인간사 아니야?' 옆집 여자의 목소리에는 비아냥거림이 섞여 있었다. 그녀는 먹고사는 돈을 빼곤 모두 보험에 들어둔 터였다. 그랬으니 자기는 노후 걱정을 안 한다고 했다. 알고 봤더니 그 집엔 바깥심부름을 도맡아 해주는 보험설계사가 있었다. 그전에도 그녀는 집 안의 인테리어며 입고 나갈 옷의 코디를 해주는 사람이 있었던 기억이 났다. 몇 번인가 봤던 코디네이터도 보험설계사였다. 보험 영업을 하려면 적어도 한 가지 특기가 있어야 한다는 걸 나는 그때 알았다.

늦게 귀가한 남편의 주머니에서 작은 공이 툭 하고 흘렀다. 공의 표면에는 1부터 0까지의 숫자가 적혀 있었다. 나는 그게 탁구를 할 때 쓰는 도구인 걸로만 알았다. 세탁을 하느라고 공을 장식장 위에 올려두었다. 그걸 본 남편은 화를 냈다. 이게 뭔지도 모르면서 건드렸다고 내게 트집을 잡았다. 나는 나대로 화가 났다. 그걸 넣은 채로 세탁기를 돌릴 수는 없는 일이었다.

지난번에도 주머니에 동전이 든 걸 모르고 세탁기를 돌린 적이 있다. 그 일로 세탁기 날개가 망가졌다. 제법 많은 돈을 들여 애프터서비스를 받았던 세탁기다. 남편이 화를 냈지만 작은 공이 무얼 하는 물건인지 얘기해주지 않았다.

N이 느닷없이 찾아왔다. N은 진청색 정장을 주로 입었는데 그날은 캐주얼 차림이었다. N은 고객을 만나서 도장을 찍었던 계약서를 내게 내밀며 자랑하듯 보여준 뒤, 가방에 도로 집어넣었다. 그때 남편의 주머니에서 흘렀던 것과 같은 공이 보였다. 1부터 0까지의 숫자가 적힌 것도 똑같았다. 나는 N이 어떻게 해서 비싼 보험 계약을 따냈는지 궁금해졌다. 그러고 보니 N의 머리며 구두, 그리고 화장까지도 전과 많이 달라져 있었다.

"얘, 어떻게 된 거야?"

"장사 밑천이 동나면 이렇게라도 해서 먹고살아야 해."

"딴 사람 같다, 얘. 웨이브 넣은 머리며, 캐주얼 차림이 말야…."

"골프 아카데미에도 등록했어. 먹고살려면 어쩔 수 없잖아."

N의 변신은 파격적이었다. 지나치다가 길에서 N을 만난다면 몰라볼 정도였다. 그걸 본 뒤 이제 N은 내가 계약했던 자그마한 보험에는 관심을 두지 않을 것만 같았다. 주위에서도 늦기 전에 보험을 갈아타는 게 낫다는 얘길 했다. N은 예전의 보험설계사가 아니었다. 손톱 열 개에 선홍색 매니큐어 칠이 되어

있었다. 전에는 투명한 매니큐어도 바르지 않던 그녀였다. 내가 그녀의 차림새를 하나하나 뜯어보는 걸 눈치 챈 것 같았다. N은 손을 뒤집었다. N의 손바닥이 보이자 손등과는 전혀 다른 모양이 나타났다. 그건 여자의 손이라고 할 수 없을 정도였다. 곳곳에 굳은살이 생겨 있어서였다. 나는 N에게 골프 레슨을 언제부터 받았느냐고 물어보았다. N은 석 달이라며 손가락 세 개를 들어 올렸다. 내가 물어본 의도를 모르는 N은 수줍게 웃고 있었다. 나는 남편의 귀가가 늦어진 게 언제부터였는지 달력을 찬찬히 들여다보았다.

남편의 귀가 시간이 더 늦어졌다. 열두 시가 되어 현관문의 번호 키를 누르는 소리가 들렸다. 나는 이불을 덮어쓰고 모른 척 누워 있었다. 현관에서 무언가를 내려놓는 둔탁한 소리가 났다. 궁금증을 참기 어려웠지만 이불을 들추지는 않았다. 부스럭거리는 소리도 연이어 들렸다. 잠시 후엔 물소리도 났다. 장롱을 여닫는 소리도 뒤이어 들렸다. 냉장고를 닫는 소리에 이어 무언가를 따르는 소리가 연거푸 들렸다. 카악, 하는 소리는 아파트를 쩌렁쩌렁하게 울릴 정도였다. 나는 냉장고 포켓 속에 넣어둔 것들을 떠올렸다. 남편은 술에 취해 귀가할 때마다 더치커피를 들이키곤 했다. 그 옆에는 오미자효소가 있었다. 문짝을 열면 첫 번째로 보이도록 병에 식초를 진하게 타서 넣어두었다. 그건 화분의 진딧물을 없애는 약이었다. 모르긴 해도 남편은 식초를 마시고 호들갑을 떠는 것 같았다.

나는 남편이 출근하든 말든 늦게서야 잠에서 깨어났다. 거실 구석에 둥글고 키가 큰 가방이 놓여 있는 게 보였다. 언젠가 텔레비전에서 그걸 봤던 것 같다. 푸른 들판을 걸어가는 몇 사람 사이로 아가씨가 힘들게 메고 가던 가방이었다. 나는 가방에도 관심을 갖지 않기로 작정을 했다. 그날은 어쩐 일인지 남편이 일찍 퇴근했다. 구두를 벗자마자 가방이 있는 곳으로 갔다. 남편은 조심스레 가방의 뚜껑을 열었다. 속에 든 골프채 여러 개를 번갈아 들었다 놓기를 되풀이했다. 마치 골프채에 무언가 세심하게 살펴야 할 게 있는 것처럼, 골프채만 있으면 힘든 세상을 수월하게 헤쳐 나가기라도 하는 듯 조심스레 다뤘다.

N은 뻔질나게 나를 찾아왔지만 언제부턴가 보험 가입을 권유하지 않았다. 나와 얘기를 하는 중에도 N은 어딘가에 자주 전화를 했다. 전화 내용을 엿들었더니 내가 든 것과는 비교할 수 없을 정도로 계약 금액이 컸다. N은 뜬금없이 노는 물을 달리하면 큰 고기가 낚싯바늘을 문다고 말했다. 때론 전화로 어마어마한 금액의 계약을 성사시키기도 했다. 나는 점점 N을 통해 가입한 보험 혜택을 보기가 어려울 것 같아 걱정스러워졌다. 낮엔 놀다시피 하던 N은 해가 지기 바쁘게 정해진 약속 장소로 가기 위해 택시를 불렀다.

남편이 술에 취해 들어온 날이었다. 입사 시험 공부를 하던 아들도 남편을 뒤따라 들어왔다. 술기운 때문에 횡설수설하는 남편에게 아들은 인사조차 하지 않았다. 남편은 정신이 가물가물한 상태였을 텐데도 아들의 실수를 놓치지 않았다. 공부에 지쳐 있는 아들을 앞에 앉힌 남편의 훈계가 시작되었다. 아들의 표정은 돌부리를 찬 것처럼 점점 변해갔다. 술김에 훈계를 하는 남편을 말릴 수 없었던 나는 괜히 마음만 졸였다. 그렇지만 어느 쪽을 꼭 집어 편들 수도 없었다. 나에게는 두 사람 다 보험이나 마찬가지였던 터였다. 내가 머잖아 보험을 갈아타야 할 처지가 될 지도 몰랐으므로 어느 한쪽 편을 들다가는 둘 중 어느쪽 보험도 혜택을 못 볼 지경에 이를지 알 수 없어서였다.

점심 무렵, N이 찾아왔다. 전날 마셨던 술 때문에 속이 아픈 남편이 출근을 못하고 누워 있을 때였다. N은 남편이 술 때문에 골병이 들어서 출근을 못한 것까지 알고 있는 듯했다. 숙취에 좋다는 칡즙이 N의 손에 들려 있었기 때문이었다. 나는 어안이 벙벙했다. 어젯밤에 남편과 N이 만난 건 아닌지 의심이 되기 시작했다. 내 곁에 앉은 N도 속이 안 좋은지 연신 구역질을 했다. 그녀는 소금물을 좀 마셨으면 좋겠다고 했다. 나는 동치미 국물 한 그릇을 떠서 N에게 내밀었다. 그때 안방에서 나를 부르는 소리가 들렸다. 남편도 시원한 동치미를 마셨으면 좋겠다고 했다. 나는 그릇을 남편에게 던지듯 건네주었다. 남편은 게슴츠레 한 눈길로 나를 올려다보았다. 그러거나 말거나 나는 방문을 세게 닫아버렸다. 그런 뒤부터 나는 남편과 N, 두 사람의 일거수일투족을 꼼꼼하게 살피기 시작했다.

아들이 입사 시험을 치는 날이었다. 나는 전날부터 아들 방의 벽에다가 갖가지 응원 메시지를 써 붙였다. 그건 대학 시험을 칠 때 붙였던 것과 비슷했다. 아들이 그럴 듯한 회사에 취직을 해야만 남 보기에도 쪽팔리지 않고 남편의 부족한 수입을 보충할 수 있어서였다. 그건 어쩌면 한 가지 보험만 가입했던 보완책이 될 것 같기도 했다. 남편은 다니던 회사에서 월급을 몇 달이나 더 받을 수 있을지 알 수 없다고 말했다. 남편 친구들 중에도 실직한 사람들이 많았다. 그런 소식을 들을 때마다 남편은 힘없이 고개를 떨궜다. 남편의 눈치를 살피던 나는 아들 방의 응원 메시지 글씨에다 테두리를 두르고 덧칠을 해서 한눈에 들어오도록 만들었다.

아들은 필기시험을 무사히 통과했다. 필기시험만 하더라도 경쟁률이 백 대 일이 넘었다고 뒤늦게 큰소리를 쳤다. 그 애보다 더 기뻤던 나는 두 손을 쳐들고 천장에 닿을 듯 뛰었다. 그러는 나에게 남편은 아직 넘어야 할 산이 첩첩이 남았으니 방심하면 안 된다고 했다. 그 말을 들은 나는 다시 시무룩해졌고 거실에서 놀던 아들은 제 방에 틀어박혔다. 면접시험을 보기까지 한 달 동안 아들 얼굴 보기가 힘들었다. 아들이 제 방에서 입사할 회사에 근무하고 있는 선배에게 전화하는 소리가 들렸다. 무언지 자세히는 몰라도 회사 내에서만 접할 수 있는 정보를 얻어들은 것 같았다. 학교에서도 졸업생들과 입사 준비생들을 엮어주는 프로그램이 짜여 있다고 했다. 아들은 입사가 확정되려면 아직도 부족하다 싶었던지 영어 회화를 배우러 다녔다. 자기소개서 적는 법도 인터넷으로 알아냈다. 나는 아들을 위해 큰 맘 먹고 정장을 맞춰주었다. 다른 애들은 면접시험을 치르기 위해서 성형 수술까지 한다는 얘기도 들려와서였다.

아들에게 돈을 얼마나 더 들여야 할지 알 수 없었다. 한 가지를 준비하고 나면 다음 단계에서 예상하지 않은 돈이 들었다. 남편은 요즘 직장을 구하려면 뒷돈이 몇천만 원 들어도 어렵다는 얘기를 했다. 그 말을 들으니 아들이 필기시험을 통과한 것만으로도 마음이 놓였다. 아들이 돈을 써서 취직을 하게 된다면 마음 편히 직장에 붙어 있을 것 같지도 않았다. 그런 일이 일어나지 않게 하기 위해서였는지 아들은 장학금을 놓치는 법이 없었다. 나는 가끔 남편보다, 공부를 열심히 하는 아들이 더 든든하게 여겨진 적도 있었다. 남편이 취업을 할 무렵엔 구직자가 직장을 골랐다고 했으니 말이다.

N이 전화도 없이 집으로 찾아온 날이었다. 그녀는 나에게 자신이 요즘 실적을 많이 올렸다는 자랑을 늘어놓았다. 내겐 그 말이 남편과 N이 아무런 관계가 아니라는 변명처럼 들렸다. 그 말을 잘 분석해본다면 어딘가 허점이 있을 것 같았지만 물증만으로 두 사람을 옭아맬 순 없었다. 그 일로 두 사람을 몰아붙이다가는 되돌아올 파장이 클 것 같아서였다. 곰곰이 생각해보니 N은 남편의 하루 일정과 서로 어긋나도록 이야기를 꾸미고 있는 것처럼 보였다. 나는 그게 더 의심스러웠다. 그녀의 말에 따

라 두 사람의 알리바이를 끼워 맞추다 보니 그들은 내 앞에 번 갈아 나타났다가 사라지길 되풀이했다. 그날도 N이 떠나자마 자 남편이 귀가했다. 그런데도 두 사람의 손에 박혀 있는 굳은 살은 한 치 틀림없이 똑같은 자리에 있었다. 그런 일 때문에 남 편에 대한 믿음은 점차 약해져갔다. 자기 자랑만 늘어놓는 N도 집으로 찾아오지 않기를 바랐다. 그런 일이 반복될수록 내가 아들에게 기대는 마음은 더해갔다.

아들이 면접시험을 통과했다는 전화가 왔다. 나는 뛸 듯이 기 뻤다. 아들은 면접에서 사장이 하던 말이 심하게 걸렸었다고 영 상통화로 얘기했다. 자기소개서에 적힌 아들의 복싱 수상 실적 이 사장 눈에 거슬렸던 것 같았다. 사장은 아들에게 일을 하다 가도 맘에 들지 않는 사람이 있으면 주먹을 날리지나 않겠느냐 고 했다는 거였다. 아들은 진정한 스포츠맨십은 그런 게 아니 라고 대답을 했지만 사장의 물음이 맘에 걸린다고 입을 쭉 내 밀었다. 전화기를 통해서 아들이 고개를 푹 숙이는 모습이 떠올 랐다가 느리게 사라졌다. 아들이 최종 합격이 되려면 멀었구나 생각한 나는 서류 심사를 통과하길 기다릴 때보다 더 긴장이 되었다.

그다음 날, N이 오랜 만에 나를 찾아왔다. 그녀의 손에는 홍 삼액이 들려 있었다. 나는 N이 남편을 꼬드기려고 사 온 것이 라고 생각하고서 그녀가 내미는 홍삼액을 받지 않으려고 밀쳐 냈다.

"얘, 아들이 입사 시험에 합격했다며!"

"그걸 어떻게 알았어?"

"내겐 정보가 장사 밑천이잖니."

나는 그 말을 듣고 얼굴이 화끈 달아올랐다. 늦었지만 손을 내밀어 선물을 받았다. N은 그때서야 입을 삐죽거리다가 얄밉게 미소를 띠었다. N이 정보를 미리 알고 축하하러 오기까지 했으니 아들의 입사는 기정사실이 된 것 같았다. 모처럼 N과 함께 먹은 탕수육이 상큼하고 쫄깃했다. 나는 그 일로 남편과 N에게 품었던 의구심을 거두어들이기로 했다. 커피를 사이에 두고 나눈 N과 나의 대화는 학창 시절처럼 맑고 고왔다.

남편이 술이 취해서 돌아온 저녁 무렵이었다. 현관에서부터 남편의 목소리는 컸다. 그건 평소엔 단 한 번도 없었던 일이었다. 나는 비틀거리는 남편을 거실로 끌어들였다. 중문을 꼭 닫는 순간 남편의 고함이 이어졌다.

"갈수록 힘들어."

전 세계를 들끓게 만든 경기 침체가 우리나라에 영향을 끼치기 시작한 것 같았다. 수출 액수가 지난해에 비해 급격하게 떨어졌다. 그건 매스컴을 통해 여러 번 보도되기도 했다. 남편 회사에서도 명예퇴직을 권고하는 무언의 압력이 자주 있었던 것 같았다. 회사에서 퇴사하라는 압박에 주눅 들지 않을 사람이라곤 없을 거였다. 내가 생각하기에도 직급이 높은 남편의 자리가 위태로울 수밖에 없겠다 생각했다. 나는 걱정스런 얼굴로 아들 방으로 갔다. 벽에 붙였던 응원 메시지는 한쪽 귀퉁이가 떨어져 있었다. 나는 응원 메시지를 테이프로 좀 더 단단히 붙여두었다. 아들은 입사 전 인턴 교육을 받기 위해 집을 떠난 뒤였다. 인턴 교육을 받는 과정에서도 테스트는 끊이지 않게 이뤄진다는 얘길 아들이 넌지시 했었다. 나는 최종 합격자 발표가 언제쯤 날 건지 조마조마했다. 회사에서 아들을 인턴으로 실컷 부려먹다가 기한이 되면 자르려는 의도가 아닐까 하는 생각도 들었다. 아들이 취직만 된다면 나보다 더 마음을 졸이며 하루하루를 보내는 남편을 쉬게 하고 싶어서였다.

아들이 교육을 받으며 카톡으로 사진을 보내왔다. 남편은 아들에게서 받은 숙소 사진을 보고 적잖이 놀라는 표정이었다. 남편이 내게 보여준 아들의 숙소는 웬만한 호텔보다 나았다. 그걸 본 나는 아들의 입사가 확정된 거나 마찬가지라고 호들갑을 떨었다. 남편의 생각은 나와 달랐다. 그렇게라도 하지 않고서는 포시럽게 자라온 아이들이 진작 입사를 포기할까 봐 걱정스러워서 그러는 거라고 했다. 나는 설마, 하고 말았다. 아들은 교육을 받는 중에도 더러 문자를 보내왔다. 식사는 훌륭한데 잠을 재우지 않는다고 불평을 털어놓았다. 하루 열두 시간이나 강의를 들어야 하고 그런 뒤엔 어김없이 시험을 친다고 했다. 시험 결과는 합격에 바로 영향을 미친다고 전화로 말했다. 그 때문에 전화마저 마음대로 하기가 어렵다고 아들은 투덜거렸다. 나는 무슨 회사가 입사 과정이 그렇게나 까다로우냐고 짜증스레 말했다. 남편은 오히려 회사 편을 들면서 아들이 그런 과정을 견뎌낼 수 있을지 조마조마하다고 했다.

남편 회사에서 명퇴 신청을 받기 시작했다. 내거는 조건은 몇천만 원의 위로금을 퇴직금에다 얹어주는 거였다. 당장 목돈이 필요한 사람들이 명퇴 신청을 했다. 개중에는 아이들 결혼시킬 자금을 마련하기 위해 명퇴 신청을 한 사람도 있었다. 그래도 돈이 모자라 적립식 보험을 해약한 사람도 더러 있었다. 보험 영업을 하는 N은 그런 이유로 해약하는 사람들을 무척 싫어했다.

"앞을 내다볼 줄 알아야지, 몇 달 넣지도 않고 해약할 걸 무엇 때문에 가입해?"

N은 남편을 통해 그 사람들을 소개받았던 것 같았다. 그래서인지 남편을 보는 N의 눈길이 전과 같지 않았다. 남편은 남편대로 회사에서 받은 스트레스 때문인지 얼굴을 찌푸리고 있었다.

아들이 일주일 만에 귀가했다. 얼굴이 홀쭉해진 것 같았다. 앞으로 일주일 동안 새벽 출근을 해야 한다고 아들이 말했다. 퇴근 시간은 정해진 게 없다고 덧붙였다. 나는 아들 회사의 상사를 욕하기 시작했다. 남편은 아무 말이 없었다. 아들은 그 말을 들었는지 못 들었는지 씻지도 않고 잠자리에 들었다. 나는 스마트폰으로 알람 시간을 맞췄다. 남편도 스마트폰으로 무언가를 조작하고 있었다. 나는 아침에 혹시라도 늦잠을 자면 어쩌나 하며 자리에 누웠지만 눈이 말똥말똥했다. 가만 보니 남편은 아들이 아침에 입을 작업복을 미리 챙기고 있었다.

아침이 되었지만 맞춰두었던 알람은 울리지 않았다. 나는 도대체 어떻게 된 일이냐고 목소리를 높였지만 남편은 나더러 알람 소리를 듣지 못한 걸 나무랐다. 지각할 것 같았던 아들은 입지 않은 윗옷과 넥타이를 손에 들고 있었다. 그걸 지켜보던 남편이 차 키를 찾았다. 아들보다 남편이 먼저 현관에 내려섰다. 나는 베란다 창을 통해 부자의 종종걸음을 내려다보았다. 차의 엔진 소리가 새벽 공기를 뒤흔들며 시야에서 사라졌다.

어쩐 일인지 N이 어깨에 힘을 잔뜩 주고 내 앞에 나타났다. 유명대학에 교수로 임용되었다는 사람 댁에 다녀오는 길이라고 했다. 그걸 본 나는 교수의 정년퇴직 나이를 떠올리고서 어깨를 늘어뜨렸다. 곧 이어 점심때가 되었다. 그녀가 밥을 먹자고 했다. 나는 밥이라곤 눈을 씻고 봐도 없다고 딱 잘라 말했다. N의 태도를 보고 있으면 밥 생각만 해도 먹은 게 넘어올 것 같았다. 내가 N에게 큰소리를 치려면 계약 금액이 큰 보험을 들었어야 했다는 걸 뒤늦게 알게 되었다. N은 내 눈치를 살피다가 아들 방의 응원 메시지가 붙었던 곳에 눈길이 머물렀다. 나는 서둘러 아들 방의 문을 닫았다. N에게 방 안의 너저분함보다 더한 걸 들킨 것 같았다. N은 가방을 뒤적거렸다. 손에는 한 뭉치의 보험 가입 서류가 들려져 있었다. 나는 커피 기구를 꺼냈다. 친구 사이의 어색함을 메우는 데는 커피만 한 게 없을 것 같았다. 아침의 혼란이 가라앉지 않은 마음이어서 커피를 마시면 진정이 될 것 같기도 했다. 나는 커피밀을 천천히 돌렸다. 커피 향이 거실에 퍼졌다. 준비된 드리퍼에 갈아진 커피를 부었다. 드립 포트의 물이 커피 입자를 훑어 내렸다. N은 입맛을 다시고 있었다. 내가 N에게 커피 한잔을 내밀었다.

"커피의 상큼한 신맛은 기분을 상쾌하게 해."

잘 볶아진 원두로 내린 커피의 맛을 감지하는 N의 능력은 놀라웠다. N의 표정이 점차 밝아졌다. N의 말에 따르면 아들이 입사하기로 한 회사도 대기업에 속한다고 했다. 탄탄한 회사라 진급도 빠를 거라고 말했다. N은 몇 모금의 커피를 홀짝거린 뒤 무얼 생각했는지 수첩에다 그걸 적었다. 그때 펼쳐든 수첩의 맨 위에 남편의 이름이 보였다. N은 내 눈치를 살핀 뒤 얼른 수첩을 덮었다.

남편이 평소보다 늦게 귀가했다. 어깨는 축 늘어져 있었다. 나는 남편이 아침잠을 설쳐서 그런 게 아닐까 하고 생각했다. 나는 말없이 꿀물을 탔다. 그는 꿀물만 마시고 샤워를 한 뒤 식사도 하지 않고 잠자리에 들었다. 나는 아들이 언제 귀가할지 몰라 남편과 함께 잘 수가 없었다. 텔레비전을 보다가 내가 졸았던 것 같았다. 그때 어디선가 탄내가 났다. 주방 쪽으로 고개를 돌려보았다. 가스레인지에 올려둔 냄비에서 연기가 피어올랐다. 급히 주방으로 뛰어가서 얼른 중간밸브를 잠갔다. 냄비를 들어내서 물에 담갔다. 피식거리는 소리가 잠시 들리다가 연기가 멎었다. 뚜껑을 열어보았더니 찌개가 새카맣게 타버린 거였다. 나는 문이란 문을 죄다 열었다. 냄새는 쉬 빠지지 않았다. 레인지후드의 세기를 강으로 틀었다. 거실에서 나는 요란한 소리에 남편이 잠을 깼다. 속옷만 입고 나온 남편은 짜증을 냈다. 나는 화재보험을 들어두었으니 크게 신경 쓰지 않아도 된다고 말했다. 그 말에 남편은 버럭 화를 냈다. 보험을 믿다가 큰 불이라도 나면 어쩌냐는 말에 가슴이 뜨끔했다.

아들이 일을 마치고 돌아왔다. 아무 말도 없었다. 아들은 어쩐 일인지 나와 눈을 맞추려고 하지도 않았다. 발만 씻은 뒤 제 방으로 들어갔다. 거실로 아들의 옷이 날아 나왔다. 몇 분 지나지 않았는데 금세 코고는 소리가 거실까지 들려왔다. 나는 아들 일이 걱정되어 도저히 잠이 올 것 같지 않았다. 첫 관문을 통과하려는 아들이 저토록 힘들어하는 걸로 보아 직장생활을 잘 이겨낼 것 같지 않았다.

날이 밝았는지 아들이 일어나는 소리가 화닥닥하고 들렸다. 오늘도 나는 알람 소리를 듣지 못했다. 아들의 볼멘소리가 거실을 메웠다. 그건 한때 남편이 자주했던 말이었다. 엄마인 내게 대놓고 욕을 할 수 없었으니 상사를 향한 욕이 거침없이 쏟아졌다. 아들은 늦었다는 구실로 밥을 뜨는 둥 마는 둥 했다. 남편이 뒤이어 일어나 바삐 세수를 했다. 차 키가 어디에 있느냐고 남편이 물었다. 항상 키를 놓던 자리를 남편이 잊어버린 것 같았다. 이제껏 남편이 무언가를 잊은 적이 없다는 걸 알고 있는 나는 적잖이 당혹스러웠다. 현관을 나서는 아들은 며칠 후 극기 훈련을 가야 한다고 했다. 그러면서도 또 상사 욕을 하기 시작했다. 나는 아들의 시중을 잘못 든 건 없었는지 주변을 둘러보았다. 남편은 불평이 끊이지 않는 아들을 이해하고도 남는다는 듯 아무 말도 하지 않았다. 남편의 뒤를 따라 아들이 현관을 나섰다. 나는 차마 잘 다녀오란 말을 하지 못했다.

　나는 옆집 여자를 찾아갔다. 속마음이라도 털어놓으면 갑갑한 게 풀릴 것 같아서였다. 그녀의 얼굴은 평온해 보였다. 나는 베란다로 눈길을 돌렸다. 화분에 담긴 식물들이 고개를 죄다 숙이고 있는 게 보였다. 그걸 보고 나자 기분이 밝아졌다. 그나마 내가 잘할 수 있는 일이 꽃가꾸기였다. 우리 집에 오는 사람들 누구나가 베란다를 부러운 눈길로 쳐다보곤 했었다. 윤기 나는 분재를 본 그들은 나를 칭찬하는 일에 인색하지 않았다. 그럴 때마다 어깨가 으쓱했던 기억이 났다. 그건 누가 시켜서 한 일이 아니었다. 정을 주는 만큼 몸피를 키워 보답을 하는 식물이 사랑스러워서였다. 요즘에는 다육식물을 기르는 일에도 재미를 붙였다. 마디 하나가 생겨나면 신생아의 팔을 보는 듯했다. 자고 나면 생겨난 마디에 나는 입을 벌려 감탄했다. 시장에 가서 분재를 살 때마다 가슴이 두근거렸다. 기쁨을 나누려고 옆집에 다육을 선물한 적도 있었다. 며칠 지나 옆집에 들러

보면 그건 온데간데없었다. 그녀가 제대로 키우지를 못해 죽었다는 생각이 들었지만 물어볼 수는 없었다.

보험 영업을 해볼 요량으로 N에게 전화를 해봐야겠다는 생각을 하자 멀쩡하던 머리가 지끈거리기 시작했다. 그렇지만 나는 N을 부르지 않을 수 없었다. 나는 평소와 달리 N을 반갑게 맞아들였다. N이 나를 대하는 목소리는 갑자기 근엄하게 변했다. 자기가 얘기를 잘 해야만 보험회사에 입사를 할 수 있다고 내게 큰소리를 쳤다. 나는 다짜고짜 교육 내용이 어떤지부터 물었다. N은 침을 튀겨가며 설명했지만 그 말이 내 귀에 들어오지 않았다. 그녀가 수첩을 펼쳤다. 수첩에 빼곡하게 적힌 글씨를 들여다보았다. 다시 머리가 아파왔다. 천장이 빙빙 도는 느낌이었다. 그걸 본 내가 교육과정을 견뎌내지 못할 것 같아 발을 뺄 듯하자 그녀의 표정이 다시 누그러졌다. 교육은 어렵지 않아서 받을 만하다고 구슬렸다. 실생활에 필요한 것들도 많다고 N은 오히려 자세를 낮추었다. 나는 N의 그런 말에도 교육을 받아낼 자신이 없었다.

아들이 회사에서 돌아왔다. 아들 눈에는 초점이 아예 없는 것처럼 보였다. 어깨는 어제보다 더 축 늘어져 있었다. 아들은 힘없이 여행 가방을 꺼내달라고 말했다. 입사 시험의 프로그램에 있는 극기 훈련 때문이었다. 열흘이 지나기 전에는 연락조차 안 될 거라고 아들은 딱 잘라 말했다. 내 말을 전해 들은 남편은 앨범을 뒤졌다. 앨범에서 빛바랜 사진 몇 장을 꺼냈다. 나는 그걸 찬찬히 들여다보았다. 사진 속 남편의 얼굴은 검게 타서 분간을 못 할 지경이었다. 그걸 본 나는 아들이 받아야 할 훈련이 얼마나 힘들지 짐작되었다. 남편이 꺼낸 낡은 사진 위에 짐을 싸던 아들 얼굴이 겹쳐졌다. 나는 아들에게 입사를 포기하라고 말하고 싶었다. 입을 달싹거리는 동안 아들은 여행 가방을 끌고 남편을 뒤따르고 있었다. 아들이 사라진 자리를 나는 오래도록 바라보았다. 두 사람이 눈에서 멀어질수록 뒷모습이 더 닮았다는 걸 느낄 수 있었다. 걱정이 되긴 했지만 두 사람이 닮은 걸 본 뒤로 나는 아들 걱정을 어느 정도 덜 수 있었다. 집 안에 들어오니 찬바람이 일었지만 다가올 일들에 대한 염려를 하지 않아도 될 것 같았다. 나는 벼르고 있었던 화분의 분갈이를 하지 않기로 했다.

N이 또 나를 찾아왔다. N은 보험회사에 내 얘길 잘해두었다고 말했다. 나는 고개를 가로저었다. N은 전에 보았던 수첩을 다시 꺼냈다. 언젠가 적어두었던 메모를 빨간펜으로 죽 그었다. N이 볼펜으로 메모를 지우는 걸 본 나는 그녀가 한 행동 때문에 내 몸이 사라지는 것 같았다. N은 내 눈치를 살피며 누군가에게 전화를 걸었다. 스마트폰 화면에는 여자의 이름이 선명하게 떴다. N은 간드러진 음성으로 보험설계사 교육을 받아보라고 말했지만 전화기 너머의 목소리는 의외로 시큰둥했다.

뜬금없이 찾아온 N이 내가 든 보험을 갈아타야 한다고 말했다. 전에 내가 가입한 보험은 여든 살까지만 보장이 되는 거였다. N은 백세보장이 되는 거라야 안심을 할 수 있다고 힘주어 말했다. 그 말을 들은 나는 걱정이 되기 시작했다. 노후 대책이 제대로 되지 않은 내가 백 살까지 산다고 생각하니 눈앞이 캄캄했다. 그런 말을 한 N은 오히려 담담한 표정을 짓고 있었다. 보험회사에서는 어떻게 하더라도 기왕 든 보험을 해약하도록 만들었다. 그동안에 불입했던 돈은 해약을 하고 신규로 보험을 가입하는 것처럼 만들어 계약고를 올리려는 뜻이었다. 겉으로는 백세보험으로 갈아타는 것처럼 서류를 꾸몄다. 그러니 나는 해약을 하는 과정에서 알게 모르게 손해를 본 거였다.

아들에게 숨겨둔 여자친구가 있는 듯한 눈치가 보였다. 스마트폰 요금이 갑자기 두 배나 나온 걸 보고서야 알게 된 사실이었다. 아들은 집에 와서도 문을 잠그고 오랫동안 통화를 하곤 했다. 그건 집안 내력인 듯했다. 남편도 아들 나이쯤 되었을 때 애인이 있었다고 했다. 가끔 내가 그 얘길 꺼내면 남편은 지나간 일로 생트집을 잡는다고 성질을 부렸다. 나는 아들에게 낮은 목소리로 여자친구가 있는지 물어보았다. 아들은 나의 물음에 시치미를 뗐다. 나는 베란다의 화분을 물끄러미 바라보았다. 거기에는 군자란이 두터운 잎을 축 늘어뜨리고 있었다. 그걸 보다가 가만히 생각해보니 바쁘다던 아들에게 여자친구가 있다는 게 믿기지 않았다. 입사 시험 준비를 하느라 눈코 뜰 새가 없었다는 말만 믿고 있었던 나였으니 결혼할 무렵 남편이 한 말이 생각났다.

"그 여자는 나와 아무런 관계도 아니야."

순진하기만 했던 나는 그 말을 곧이곧대로 믿었다. 남편의 감언이설에 넘어간 나는 한 달 후 웨딩드레스를 입었다. 엄마는 나더러 미쳤다고 했다. 뭘 믿고 남편과 결혼할 생각을 했냐고 따지는 엄마에게 대꾸할 말이 없었다.

웬일인지 남편이 일찍 귀가했다. 아들도 뒤이어 들어왔다. 남편은 무거운 가방을 거실에 내려놓았다. 현관에 낯선 발자국 소리가 들렸다. 연이어 인기척도 나는 것 같았다. 아들은 현관을 향해 눈을 찡긋했다. 나는 급히 옷매무새를 고쳤다. 남편이 좀처럼 하지 않던 헛기침을 했다. 아들이 현관을 향해 낮은 목소리로 무언가 얘기했다. 웃음소리도 들렸다. 아들이 활짝 웃는 소리를 들은 건 오랜만이었다. 아들의 뒤를 따라 낯선 아가씨가 고개를 내민 뒤 내게 꾸벅 절을 했다. 아들은 머뭇거리는 아가씨를 데리고 제 방으로 들어갔다. 그건 남편이 결혼하기 전 내게 했던 것이랑 흡사했다. 그때 일을 떠올린 나는 온몸에 전기가 흘렀다. 남편도 나랑 생각이 같았는지 거실을 왔다 갔다 하며 헛기침을 몇 번이나 더 했다.

저녁 식사 시간이 되어가고 있었다. 나는 밥을 지어야겠다고 주방으로 갔다. 아들 방에 있던 아가씨가 주방으로 나왔다. 주방에서 달그락거리는 소리를 들은 것 같았다. 아가씨는 팔을 걷어붙였다. 나는 주방에서 아가씨를 밀쳐냈다.

"어머니, 저도 부엌 일 잘해요."

아가씨의 말투는 정겨웠다. 안심이 되었던 나는 아가씨를 아들 방으로 밀어 넣었다. 나는 더 빨리 식사 준비를 했다. 곧이어 저녁이 차려졌다. 아들은 아가씨 손을 잡고 식탁으로 왔다. 구운 생선살을 발라 아가씨 숟가락에 얹어주며 아들은 빙그레 미소를 지었다. 그걸 본 남편은 내 눈치를 살폈다. 우린 말없이 밥을 먹었다. 디저트로 과일을 깎아 먹었다. 이런 경우에 흔히 하는 호구 조사로는 가장 간단한 몇 가지만 물어보았다. 식사를 천천히 했는데도 도무지 시간이 흐르지 않았다. 남편은 내 팔을 당겨 안방으로 이끌었다. 자리에 누웠지만 아들과 아가씨가 깔깔거리며 웃는 소리가 귀에 맴돌았다.

아들은 아가씨가 다녀간 뒤로 말없이 회사에 출퇴근을 했다. 그토록 힘들다고 투정을 부리던 아들은 어쩐 일인지 웃으며 현관을 나섰다. 퇴근을 할 때도 나는 아들의 눈치를 살폈다. 지친 기색이 보이긴 했지만 웃는 모습은 아침과 다르지 않았다. 그러던 아들이 인턴 월급을 탄 것 같았다. 나는 그걸 눈치로 알았지만 굳이 말을 하진 않았다. 저녁을 먹고 나자 어깨에 힘이 빠져서 축 늘어졌다. 베란다 창으로 보이는 보험회사 간판도 불이 꺼졌다. 정전은 아니었는데 그곳만 전기가 나간 것 같았다. 그걸 본 남편은 회사 간판 관리도 잘 못하는 보험회사가 어떻게 고객을 책임질 수 있겠느냐며 나에게 알아듣기 쉽게 설명을 했다. 남편의 태도는 평소와는 많이 달랐다. 내 손으로 어깨를 주무르는 걸 본 남편이 나를 돌려세워서 안마를 해주었다. 어깨 주위를 주물렀는데도 명치 쪽이 시원해졌다. 남편과 아들, 그리고 N과 관련된 일들이 까마득한 과거의 일처럼 지워지고 있었다. 남편의 뜻을 뒤늦게 이해하게 된 나는 보험회사는 믿을 게 못 된다고 베란다 문을 열고 고함을 지르고 싶었다.

오래된 집

내가 굴삭기에 관심을 가지기 시작한 건 열두 살 무렵이었다. 재개발 현장을 지나치다 낡은 건물을 부수는 굴삭기를 봤던 거였다. 굴삭기의 힘은 덩치에 비해서도 굉장했다. 모래로 지은 성을 뭉갤 때처럼 콘크리트 건물을 잠깐 사이에 허물어뜨렸던 거였다. 그걸 지켜본 나는 엄청난 힘을 가진 굴삭기를 조종하는 사람이 누구인지 궁금해졌다. 조종석을 올려다보니 구릿빛 얼굴에 선글라스를 낀 사내의 우람한 근육이 먼저 눈에 들어왔다. 사내가 굴삭기의 조종 레버를 움직일 때마다 어깨와 팔의 억센 근육이 꿈틀거렸다. 나는 사내가 낡은 집을 다 부술 때까지 넋을 잃은 채 바라보고 있었다. 굴삭기 조종을 할 수 있게 된다면 어떤 거대한 힘 앞에서도 누이를 지켜줄 수 있을 것 같아서였다.

*

　의붓아버지와 도저히 살 수 없었던 엄마는 갓 중학생이 된 나
를 데리고 오래된 집에서 도망쳐 나왔다. 지하 단칸방을 간신
히 얻어 나를 가둬놓다시피 하고 24시간 운영하는 국밥집의 서
빙 자리를 구했다. 나는 몸을 돌보지 않고 밤일을 하는 엄마가
걱정스러웠다. 중학교라도 졸업을 하고 나면 엄마의 짐을 덜어
줘야겠다고 생각했다. 엄마는 삼 년 가까이 식당에서 서빙을 하
느라 걸을 때마다 다리를 절룩거렸다. 엄마의 얼굴에서는 핏기
가 점차 사라지고 있었다. 엄마는 '오래된 집에 있을 때만큼 힘
들진 않아'라며 나를 안심시켰다. 살이 쏙 빠진 엄마를 보자 학
교를 그만두고 아르바이트를 해야 하는 걸까 하고 생각하기도
했다. 국밥집에서 일한 뒤로 밤잠을 한 번도 자본 적이 없었던
엄마인 데다 가스레인지 옆에서 일해야 했던 터라 폐암 판정을
받았던 것이다. 진작 병이 걸렸지만 그 사실을 감추고 있었기에
꽤 진행이 된 상태였다. 그러면서도 누이를 데리고 정신과에 다
니는 일은 빠뜨리지 않았다. 정신과에 다녀오고 난 뒤 지쳐 잠
든 엄마 곁에는 소주병이 나뒹굴었다. 암 판정을 받은 지 일 년
도 채 되지 않아 엄마는 누이와 나를 두고 세상을 떠났다. 나는
눈앞이 캄캄했다. 정신과에 주기적으로 다니던 누이를 돌보려
면 학교에 갈 수조차 없어서였다. 엄마가 죽은 뒤 누이는 손목
을 면도칼로 긋는 등 사흘이 멀다 하고 자해 소동을 벌이곤 했

다. 누이는 결국 내가 잠든 사이 화장실에서 목을 매고 말았다. 나는 누이가 죽은 까닭이 뭘까 하고 오랫동안 고민해보았다. 일이 이렇게 꼬이게 된 실마리를 어렴풋이나마 찾아낸 나는 굴삭기 조종사가 꼭 되어야겠다고 결심했다.

 나이가 들고부터 굴삭기를 조종하는 방법이라거나 고장 난 부품을 갈아 끼우는 요령을 책과 인터넷을 뒤져가며 하나하나 익혔다. 내 방 의자에 앉아 컴퓨터 모니터를 들여다보고 있으면 굴삭기 조종석에 앉은 것 같았다. 다른 애들에 비해 뛰어난 실력이나 꿈조차 없었던 나는 집안 형편 때문이 아니더라도 굴삭기 조종사가 딱이었다. 어렵던 굴삭기 조종 면허시험은 예상 밖이었다. 컴퓨터로 다운받은 모의 조종 프로그램으로 오래도록 연습을 했기에 쉽게 시험에 합격을 했던 거였다. 면허증을 받아 든 날, 나는 곧바로 굴삭기 조종사를 구하는 곳을 인터넷을 뒤져 찾았다. 물어물어 찾아간 공사장에서 처음 몇 달 동안 하루나 반나절 정도의 날품을 팔았다. 그러다 보니 일을 하는 날보다 쉬는 날이 더 많았다. 쉬지 않고 일을 하려면 규모가 큰 토목 공사 현장을 찾는 게 나을 것 같았다.
 잡코리아에 낸 나의 구직광고를 보고 누군가가 전화를 걸어왔다. 상대는 대뜸 면접부터 보자고 말했다. 상대를 만난 곳은 낡은 주상복합아파트의 2층이었다. 사무실 벽에 붙어 있는 굴삭기 사진을 본 나는 가슴이 두근거렸다. 그런 내게 '사진은 그만 들여다보고 면접부터 봐야 하지 않겠느냐'고 사장이 말했다. 사장이 묻는 말에 나는 경험이 많은 사람처럼 전문 용어를 섞어가며 태연하게 대답을 했다. 나의 거침없는 대답에 고개를 끄덕거리고 난 사장이 일당 얘기를 꺼냈다. 내게 일당 팔만 원이면 적은 돈이 아니었다. 나는 곧바로 일을 하겠다고 말했다. 흡족한 미소를 지은 사장은 며칠 후면 공사 현장으로 떠나야 한다고 했다. 그곳은 사람이 별로 살지 않는 변두리며 공사는 몇 달이 걸릴지도 모른다는 말도 덧붙였다. 사장은 공사 현장을 미리 알아두는 게 좋겠다며 컴퓨터를 켰다. 구글 지도의 공사 현장을 보여주는 위성사진이 점점 크게 모습을 드러냈다. 산으로 둘러싸인 공사 현장의 북쪽 모서리에는 행랑채를 갖춘 집한 채가 보였다. 외딴집을 향해 나 있는 오솔길과 개울은 어쩐지 낯설지가 않았다. 이럴 수가! 컴퓨터 화면에 눈을 바짝 갖다댄 나는 머릿속이 아득해졌다.

차 문을 열어준 사장은 내게 공사가 끝날 때까지 함께 지내야 할 곳으로 간다고 뺨에 힘을 주며 말했다. 컴퓨터 화면을 통해 봤던 공사 현장을 다시 떠올린 나는 긴장이 되었다. 사장의 픽업트럭을 타고 두 시간이나 걸려서 마을에 들어선 순간 마치 컴퓨터 게임 화면을 보는 것 같았다. 차창으로 내다본 마을 풍경은 내 머릿속에 오래 간직되었던 흑백 사진 같았다. 판자로 외벽을 마무리한 방앗간은 아직도 눈에 익은 간판을 달고 있었으며 자전거 수리점도 옛 모습 그대로였다. 커피숍이었던 곳은

PC방으로 바뀌어 있었다. 수업을 마치고 커피숍 옆을 지나갈 때면 앳된 아가씨 어깨에 팔을 걸친 사내들의 걸걸한 웃음 때문에 고개를 돌려야 했던 기억이 났다. 아이들이라고는 눈에 띄지 않는 시골에 간판을 단 PC방은 생뚱맞게 보였다. 사장은 현장에서 가까운 곳에 나의 숙소를 정해두었다. 그곳은 면 소재지였지만 예전과 달리 사람의 왕래가 뜸했다. 나는 사장을 뒤따라 그가 마련해두었다는 집의 대문을 열고 들어섰다. 나이 든 여자가 집으로 들어서는 두 사람의 인사를 무뚝뚝한 표정으로 받았다. 나는 입 꼬리를 늘어뜨린 여자가 가리킨 구석진 방에다 가방을 내려놓았다. 벽의 곳곳에 곰팡이가 피어 있는 방에는 낡은 벽지가 떨어져 너덜거렸다. 합판으로 짜 맞춘 장식장 위에는 칠이 벗겨진 텔레비전이 놓여 있었다. 나는 손을 뻗어 텔레비전 전원 버튼을 눌렀다. 텔레비전 화면에 가로 줄무늬가 수없이 그어지면서 지직거리는 소리가 났다. 이런 곳에서 몇 달을 지내야 한다고 생각하자 나는 한숨이 나왔다.

나는 사장의 픽업트럭을 타고 공사현장으로 갔다. 굴삭기는 이미 도착해 있었다. 사장은 내게 굴삭기에 올라가 시운전을 해보라고 했다. 토목공사 현장에서 굴삭기 조종석에 처음 앉아본 나는 손부터 떨렸다. 긴장된 모습이었지만 내가 능숙하게 조종 레버를 움직이는 걸 본 사장은 고개를 끄덕였다. 커다란 산 하나를 깎아내야 하는 토목공사에 주어진 기간은 다섯 달이었다. 기간 안에 공사를 끝내지 못하면 날짜를 어긴 만큼 불이익을 당하게 된다고 사장이 내게 말했다. 나에겐 사장의 말이 귀에 들어오지 않았다. 구글 지도에서 봤던 기와집이 머리에서 떠나지 않아서였다.

사장과 나는 맞교대로 굴삭기를 조종했다. 굴삭기의 버켓으로 종일 흙을 퍼냈지만 일을 한 흔적이 보이지 않았다. 일주일이 지나고 나서 바라본 산은 황토빛깔이 조금 더 밝아 보였을 뿐이었다. 나는 일의 속도가 느린 것 때문에 신경이 곤두섰다. 굴삭기의 낡은 오디오에서 흘러나오는 노랫소리에도 짜증이 났다. 날이 어두워지기 시작할 무렵, 교대를 하기 위해 사장이 나타났다. 굴삭기를 사장에게 인계한 뒤 공사 현장에서 기와집까지의 거리를 걸음으로 어림잡아 보았다. 굴삭기가 그곳까지 가려면 몇 달이나 더 걸릴지.

공사현장에 갇혀 살다시피 하는 내게 덤프트럭 기사가 바깥 소식을 전해주었다. 하지만 나는 덤프트럭 기사가 영 맘에 들지 않았다. 희번덕거리는 눈빛에다 쭉 찢어진 입으로 실룩거리기까지 한 탓에 도무지 믿음이 가지 않아서였다. 게다가 그가 주로 전해주는 소식은 대부분 여자들에 대한 것뿐이었다. 걸걸한 말투로 신문 사회면에 난 사건들을 부풀려가며 이야기하는 그의 태도도 마음에 들지 않았다. 그는 이웃집 아저씨가 초등학생을 성폭행한 이야기를 침을 튀겨가며 떠들었다.

"그런 아그들하고 그 짓거리를 하면 어떤 기분이기에 그런 다냐."

그렇게 말한 덤프트럭 기사가 오솔길로 고개를 돌렸다. 오솔
길을 따라 소녀가 가방을 메고 다가오고 있었다. 덤프트럭 기
사는 소녀를 한참 동안 뚫어지게 바라봤다. 내가 소녀를 자세
히 본 것은 그때가 처음이었다. 뒤로 묶은 머리를 찰랑거리는
소녀는 길가의 개망초 꽃을 손바닥으로 쓰다듬으며 공사 현장
부근을 느리게 지나치고 있었다. 소녀의 모습을 본 나는 죽은
누이를 떠올렸다. 그런 뒤부터 일을 하는 사이사이 자주 오솔길
을 바라보았다. 오솔길로는 쉰 살 쯤 되어 보이는 부부가 경운
기를 탄 채 가끔 지나칠 때도 있었다. 어쩌다가 부부가 탄 경운
기에 소녀가 끼어 있을 때도 있었다. 오솔길을 지나는 사람들이
라곤 그들 세 사람이 전부였다. 그들은 기와집에 사는 한 가족
인 것 같았다. 오솔길을 지나친 경운기의 바퀴자국은 독특했다.
빗금이 서로 맞물리며 땅을 밀치는 모양새가 마치 기왓장을 포
갠 것이나 기러기가 무리를 지어 날아가는 것 같기도 했다.

　내가 열두 살 무렵 개가를 한 엄마는 집안일을 익히느라고 얼
굴을 볼 새가 없었다. 늦가을의 어느 날, 엄마는 사소한 집안일
은 뒤로 미룬 채 하루 종일 추수에 매달렸다. 나는 얼굴이 새까
매진 엄마를 돕기 위해 소매를 걷어붙였다. 추수가 거의 끝난
저녁 무렵, 엄마를 돕느라 지쳤던 나는 일찍 잠이 들었다. 저녁
을 짜게 먹었던지 목이 말랐던 내가 물을 마시기 위해 눈을 떴
을 때였다. 건넌방에서 누이의 앓는 소리가 들릴 듯 말 듯 내 귀

를 파고들었다. 나는 두 손을 오므려 귀에 갖다 대고 누이의 방을 향했다. 누이의 앓는 소리는 가늘게 들리다가 뚝 끊겨 버렸다. 누이의 앓는 소리를 거친 숨소리가 삼켜버린 것 같았다. 잠시 뒤 누이가 훌쩍거리는 소리가 방을 건너왔다. 그런 다음 문을 열어젖히는 소리가 뒤를 이었다. 그 사이에도 누이의 훌쩍거리는 소리는 그치지 않았다. 나는 궁금함을 참지 못하고 바깥으로 나갔다. 그때 기와집의 어둠 속으로 숨어드는 남자의 그림자가 얼핏 보였다. 열린 방문을 통해 옷이 헝클어진 누이가 울고 있는 모습이 보였다. 그걸 본 나는 주먹을 힘껏 쥐고서 남자의 그림자가 사라진 방향을 바라보았다. 조금 전의 그림자를 지워버린 달빛은 무심하게도 밝았다. 행랑채 처마 아래서 바라본 하늘로는 기러기 한 무리가 날아가고 있었다.

때 아니게 소낙비가 내렸다. 열 시쯤 시작된 비는 잠시도 멈추지 않았다. 파낸 돌덩어리를 실어 나르던 덤프트럭은 장대비 속에서도 부지런히 산길을 오갔다. 트럭이 오가도록 임시로 낸 길은 바퀴의 반이 흙탕물에 잠겼다. 황톳물이 흘러내려서 오솔길이 어디인지 가늠하기조차 어려웠다. 나는 굴삭기 버킷의 움직임을 멈추고 소녀가 지나갈 오솔길 쪽을 쳐다보았다. 안개가 뿌옇게 긴 길을 따라 덤프트럭이 천천히 다가왔다. 나는 덤프트럭 기사의 능청스런 표정이 갑자기 떠올랐다. 신문 사회면에 흥미를 보이던 그의 모습이 마음에 걸려서였다. 혹시라도 그 차에 소녀가 타고 있으면 어쩌나 걱정이 되기도 했다. 덤프트럭이 굴삭기 가까이 다가오는 게 조마조마하기는 처음이었다. 나는 아예 굴삭기의 버킷을 땅에 내리고 트럭을 뚫어지게 바라보았다. 덤프트럭 기사의 머리가 빗방울과 안개 사이로 희미하게 보였다. 내가 조바심을 낼수록 차는 더욱 느리게 굴삭기 쪽으로 다가왔다.

덤프트럭이 굴삭기 앞에 멈춰 섰다. 덤프트럭 기사가 내리기까지 제법 시간이 걸렸다. 육중한 차 문을 열고 내려온 덤프트럭 기사는 조수석을 향해 천천히 걸음을 옮겼다. 비를 맞으며 걷는 덤프트럭 기사의 걸음걸이며 표정은 평소와는 많이 달랐다. 얼굴이 불그레한 덤프트럭 기사는 라디에이터 그릴을 물끄러미 바라보다가 멀쩡한 범퍼를 손으로 툭 건드리기도 했다. 휘적거리며 조수석으로 걸음을 옮기던 덤프트럭 기사가 흙탕물에 빠져 넘어진 것은 순간적이었다. 비명을 지르던 덤프트럭 기사는 발목을 부여잡은 채 제자리에 주저앉아 고통스런 표정을 짓고 있었다. 느린 걸음으로 덤프트럭 기사에게 다가간 나는 내키지 않는 듯 손을 내밀었다. 그때 어디선가 삐걱하는 소리가 내 귀로 날아들었다. 그건 낡은 덤프트럭의 문짝에서가 아니고는 날 수가 없는 소리였다. 덤프트럭의 열린 문틈으로 조그마한 머리가 보였다가 사라졌다. 곧이어 습기가 뿌옇게 서린 덤프트럭의 창을 통해 어떤 물체의 반짝임이 느껴졌다.

나는 덤프트럭 기사에게 내밀었던 손을 거둬들였다. 그런 뒤

부리나케 조수석으로 달려가 문을 열었다. 차 안에는 몸을 웅크린 소녀가 떨면서 아래를 내려다보고 있었다. 덤프트럭에서 내려오지 못해 울상을 짓고 있는 소녀에게 나는 두 손을 내밀었다. 소녀는 눈물이 그렁한 눈으로 내가 내민 손을 고개를 갸웃거리며 한참 동안 쳐다보았다.

"네가 사는 집에 몇 년 동안 살았던 사람이야, 염려 마."

나는 소녀를 향해 웃는 얼굴로 느리고도 낮게 말을 건넸다. 그런 뒤 내밀었던 두 손을 거둬들였다. 소녀는 소매로 눈가를 훔치고서 몸을 뒤로 뺀댄 채 왼발을 앞으로 내밀었다. 소녀가 발을 뺀 곳에는 다행스럽게도 덤프트럭에 오르기 위해 설치한 발판이 있었다. 왼발을 길게 뺀 소녀를 본 나는 손바닥만 한 신발을 조심스레 쥐고서 발판에 갖다 대주었다. 곧이어 소녀의 오른발도 왼발을 따라 발판 가까이 옮겨왔다. 그때 소녀가 빗물이 묻어 미끄러운 발판을 헛디딘 탓에 중심을 잃어 몸이 휘청거렸다. 나는 얼른 소녀의 두 팔을 움켜쥐고 땅에 살며시 내려주었다. 비를 맞고 있는 소녀에게서 급히 돌아선 나는 굴삭기 조종석에서 낡은 우산을 찾아냈다. 펼친 우산을 소녀의 손에 쥐어준 나는 굴삭기 조종석으로 되돌아왔다. 소녀는 덤프트럭 기사와 나를 번갈아 바라보다가 공사 현장에서 빠르게 벗어났다.

소녀가 오솔길의 모퉁이를 돌아가는 걸 확인한 나는 그때서야 어깨를 늘어뜨리고 한숨을 내쉬었다. 비에 젖어버린 손을 바지에 문지른 나는 굴삭기에 올라탔다. 멈춰두었던 굴삭기의 키를 돌린 순간 어느 때보다도 진동이 심하게 느껴졌다. 나는 커다란 바위를 굴삭기 버킷으로 간신히 퍼 올렸다. 한껏 쳐든 버킷으로 덤프트럭의 적재함 가운데를 살짝 비낀 곳을 조준해서 바위를 떨어뜨렸다. 적재함을 가득 채울 만한 바위가 6미터 높이에서 떨어지자 덤프트럭은 좌우로 심하게 흔들렸다. 적재함 왼쪽 문짝이 바위가 떨어지며 가했던 충격 때문에 휘어졌다.

"차가 다 망가졌어! 어쩔 거야?"

덤프트럭 기사가 눈꼬리를 치켜 올리며 소리를 질렀다. 나는 그에게 보란 듯 왼손으로 오른쪽 어깨를 감싸고 주먹 쥔 오른손의 팔꿈치를 구부렸다. 몇 달 동안 굴삭기 조종을 한 덕분에 검게 타서 불거진 근육이 무섭도록 움찔거렸다.

덤프트럭은 부지런히 공사 현장을 들락거렸다. 산에서 파낸 흙이며 돌을 실어내기 위해서였다. 공사를 시작한 지 보름이 지났을 때였다. 굴삭기 버킷 조종 레버를 움직이자 강한 충격이 손에 전해졌다. 흙을 퍼내는 버킷으로는 작업을 할 수 없는 암반이 드러났던 거였다. 그건 공사를 시작하기 전에 지질 조사를 해 본 발주사에서 아무런 얘기가 없었던 것이라고 사장이 말했다. 얼굴이 벌게진 사장은 눈을 부릅뜨고 공사 계약서를 뒤졌다. 계약서를 꼼꼼하게 읽어본 사장은 체념을 한 듯 버킷을 분해해내고 그 자리에 돌을 깨는 브레카를 끼워 넣었다. 브레카 작업 때문에 더러 관절염이 생기기도 한다는 말을 들었던 나는 겁부터 났다. 운전석에 앉아 유압실린더 레버를 움직이던 사장은 이런 일을 오래하면 남는 건 병밖에 없다면서 어깨며 무릎을 번갈아 짚어 보였다.

브레카로 암반을 깨내는 일이 시작되었다. 푸석한 청석 암반을 걷어내고 나니 화강암층이 나타났다. 브레카로 화강암을 깨내는 소리를 연이어 들은 나는 귀가 먹을 지경이었다. 조종 레버를 잡고 있으면 브레카의 진동이 온몸을 타고 흘러내렸다. 조종석에 가만히 앉아 있는데도 무릎이 시큰거렸다. 나는 작업을 하다가도 자주 무릎을 폈다 오므렸다 했다. 굴삭기도 고장이 잦았다. 붐대가 이어지는 곳이 헐거워지기도 했고 유압 실린더의 고무링이 자주 망가져서 기름이 새기도 했다. 사장은 공사 기간을 맞추지 못하면 큰일 난다고 일을 하면서도 노래를 부르듯 중얼거렸다. 나는 굴삭기가 고장이 났을 때도 공사 현장을 떠날 수 없었다. 등하교 하는 소녀의 모습을 지켜보지 않으면 마음이 편치 않아서였다. 소녀가 학교에 가지 않는 주말이면 그나마 마음이 놓여 집에서 쉴 수가 있었다.

돌을 깨는 공사 현장의 브레카 소음이 유난히 멀리 퍼지던 날이었다. 아침에 확인해본 일기예보로는 오후에 비가 내릴지도 모른다고 했다. 나는 혹시 소녀가 깜빡하고 우산을 안 가져온 건 아닌지 신경이 쓰였다. 굴삭기 조종석에서 우산을 찾던 나는 소녀에게 준 것을 돌려받지 못한 기억이 났다. 그와 더불어 며칠 전의 기억이 되살아나 일에 몰두할 수가 없었다. 일어나지 않은 일을 미리 염려하곤 하던 성격 탓에 가슴속에서 뜨거운 열기가 솟아오르기도 했다. 하루 종일 소녀 걱정을 하느라고 작업 능률도 오르지 않았다. 먹구름이 밀려든 탓에 다른 날보다 일찍 어두워졌다. 소녀가 돌아올 시간이 거의 다 되었다고 생각했을 때였다. 불을 켠 덤프트럭이 굴삭기 곁으로 느리게 다가왔다. 그 모습을 본 나는 브레카를 땅에 내려놓았다. 짐을 실어 나른 횟수에 따라 돈을 받을 수 있었던 덤프트럭 기사는 평소와 다르게 발을 동동 굴렀다.

"왜 짐을 안 실어주는 거야? 내가 밥 굶는 걸 보고 싶어?"

나는 그가 뭐라고 하던 상관하지 않고 굴삭기에 이상이 생겼다는 걸 핑계 삼아 손전등을 들고 캐터필러 부근을 샅샅이 살폈다. 표정을 일그러뜨린 덤프트럭 기사가 내 행동을 지켜보는 동안 삼십 분이 흘렀다. 굴삭기의 전조등 불빛에 소녀가 걸어오는 모습이 잡혔다. 그때서야 나는 굴삭기 연료 탱크에 붙은 볼트를 죄는 척하며 이게 문제였다고 덤프트럭 기사에게 스패너를 들어 보였다.

비가 내리는 날이면 작업을 하기가 힘들었다. 들이치는 비 때문에 창문을 열어둘 수 없었다. 에어컨이 설치되지 않은 굴삭기 조종석은 시간이 지나면서 뜨거워졌고, 그럴 때마다 열을 식히기 위해 창문을 열어야 했다. 창문을 닫고 있으면 뿌옇게 서리는 습기 때문에 바깥이 잘 보이지도 않았다. 그런 날은 점심을 먹으러 컨테이너로 만든 현장 사무실에 가기도 싫었다. 나는 김치와 밥만으로 끼니를 때우려고 도시락 가방을 열었다. 그때 굴삭기의 흐려진 창에 누군가의 얼굴이 비쳤다. 나는 젓가락을 내려놓고 창밖을 살폈다. 굴삭기 캐터필러 옆에는 우산을 들고 웃고 서 있는 소녀가 보였다. 소녀의 손에는 감자를 담은 접시가 들려 있었다. 알이 굵은 감자에서는 아직도 김이 나고 있었다. 나는 소녀가 들고 있던 접시를 받아 들었다. 소녀의 단발머리에 묶은 분홍색 방울이 눈에 들어왔다. 물방울무늬 원피스차림에 슬리퍼를 신고 있던 소녀의 발은 진흙에 빠져서 신발과 발의 경계를 분간할 수 없을 지경이었다. 나는 소녀의 우산을 받아 들고서 손을 내밀었다. 소녀를 조종석에 앉힌 나는 진흙이 묻은 슬리퍼를 벗겨주었다. 우산도 쓰지 않은 채 개울로 달려간 나는 개울물에 슬리퍼를 깨끗이 씻었다. 굴삭기로 되돌아온 내 손의 분홍색 슬리퍼를 보자 소녀는 더없이 환한 표정이었다. 나는 가벼운 마음으로 소녀의 옆자리에 올라앉았다. 일인용 조종석에 두 사람이 앉았지만 비좁다고 느껴지지 않았다. 나는 소녀에게 덤프트럭 기사에 대해 묻고 싶었지만 선뜻 입이 떨어지지 않았다. 소녀는 나에게 감자를 어서 먹어보라고 말했다. 감자를 급히 먹다가 뜨거워서 내가 쩔쩔 매는 걸 본 소녀는 깔깔대며 웃기도 했다. 소녀의 웃음소리는 누이를 꼭 닮은 것 같았다. 내가 감자를 다 먹고 나자 소녀는 빈 접시를 들고 구멍이 뚫린 우산을 쓰고 오솔길을 걸어갔다. 그 모습이 한동안 눈에 아른거렸다.

굳은 날씨가 기어코 비를 흩뿌린 탓에 우산도 가져가지 않았을 법한 소녀가 걱정이 되기 시작했다. 하교 시간이 지났지만 소녀는 나타나지 않았다. 나는 굴삭기 브레카를 땅에 내리고 오솔길을 쳐다보았다. 깨낸 돌무더기가 쌓여 시야를 가리기 시작했다. 시간에 맞춰 일정한 간격으로 오가던 덤프트럭도 나타나지 않았다. 그 때문에 덤프트럭 기사의 능청스런 표정이 다시 떠올랐다. 시동을 끄고 굴삭기에서 내려온 나는 오솔길을 따라 학교 쪽으로 비를 맞으며 걸었다. 덤프트럭이 보이지 않으니 걸음은 더욱 빨라졌다. 입에서는 더운 김이 피어올랐다. 흘러내린 땀이며 비 때문에 작업복이 축축해졌다. 저만치서 덤프트럭 소리가 들리기 시작했다. 덤프트럭은 서서히 가까워지다가 내 앞에서부터 속도를 내며 빠르게 지나쳐 갔다. 늘 보던 덤프트럭 기사가 차에 탄 걸 확인한 나는 급히 공사장으로 발걸음을 되돌렸다. 돌무더기 앞에 갓 세워둔 덤프트럭에 가까이 다가가자 기사가 차에서 느릿하게 내렸다. 그는 내가 소녀에게 줬던 우산을 펼쳐 들고 있었다. 그 모습을 본 나는 또 다시 조수석을 확인하려고 덤프트럭에 다가갔다. 그때 조수석 문이 덜컥 하고 열렸다. 모습을 살짝 드러낸 소녀의 블라우스 단추가 열린 게 눈에 띄었다. 나는 덤프트럭 기사가 쓰고 있는 우산을 사납게 빼앗았다. 조수석으로 다가간 나에게 소녀가 부축을 받기 위해 두 손을 앞으로 내밀었다. 덤프트럭에서 소녀를 내린 나는 흙이 묻은 우산을 쥐어주었다. 소녀는 덤프트럭 기사의 눈치를 살피다가 한 손으로 내 옷깃을 잡았다. 나는 소녀의 등을 두 손으로 떠밀면서 걱정 말고 빨리 집으로 가라고 일렀다. 웅크린 몸을 우산으로 가리고 걸어가는 소녀의 뒷모습은 어릴 적의 누이 모습 그대로였다.

다음 날이었다. 내리는 비는 멈출 기세도 없이 점점 더 거세졌다. 덤프트럭이 굴삭기 가까이 다가왔다. 덤프트럭 기사는 핸들을 잡고 있으면서도 오솔길을 바라보는 걸 멈추지 않았다. 나는 굴삭기 조종석에 앉아 덤프트럭 기사를 노려보았다. 굴삭기 유리창은 빗물 때문에 흐려져 있었다. 나는 버킷으로 돌을 덤프트럭에 싣기 시작했다. 덤프트럭 적재함에 돌무더기가 수북해졌다. 덤프트럭 기사가 창을 열고 고함을 질렀다.

"차 내려앉아! 그만 실어!"

나는 이미 퍼 올린 버킷의 돌을 운전석 지붕 위에다 쏟았다.

"뭐하는 짓이야!"

차에서 내린 덤프트럭 기사는 씩씩거리며 굴삭기로 다가왔다. 나는 덤프트럭 기사가 그러거나 말거나 굴삭기 문을 잠근 채 덤프트럭을 돌무덤으로 만들고 있었다.

나는 사장에게 굴삭기 작업 시간을 늘리는 대신 주간만 작업을 하면 안 되겠느냐고 사정을 했다. 잠시 생각에 잠겼던 사장은 그래도 좋다는 대답을 했다. 그 일로 공사 현장에서 소녀를 지켜볼 수 있는 시간이 늘어났다. 나는 일을 마친 뒤 덤프트럭 기사가 사는 집을 알아냈다. 덤프트럭 기사는 재래시장 근처의 단칸방에 세 들어 살고 있었다. 덤프트럭 기사가 사는 집 골목의 들머리에는 처음 여기로 왔을 때 눈에 띈 PC방이 있었다. 덤프트럭 기사의 가족은 애들 공부 때문에 다른 곳에서 살고 있다는 얘길 들었지만 믿어지진 않았다.

후덥지근한 날씨 탓에 옷이 몸에 달라붙었다. 멀리 보이는 산등성이에 뭉게구름이 피어올랐다. 점심을 먹은 후여서 그런지 잠이 오기 시작했다. 내려앉는 눈꺼풀을 이기려고 애를 쓰는 사이에 또 소나기가 쏟아졌다. 굵은 빗줄기가 마른 바닥을 때리니 허옇게 거품이 일었다. 거품은 이내 계곡과 땅의 경계를 지워갔다. 계곡물이 넘쳐 브레카 작업을 할 수가 없었다. 물줄기가 거세진다면 육중한 굴삭기라도 떠내려갈 것 같았다. 공사 때문에 뿌리가 드러난 메타세콰이어 몇 그루가 기울어지고 있었다. 굴삭기를 옮기지 않는다면 쓰러지는 아름드리나무에 깔릴지도 모를 처지였다. 나는 급히 굴삭기를 오솔길 근처로 옮겼다. 그러고 나자 소녀가 걱정되기 시작했다. 소녀가 하교할 시간이 다가왔다. 오늘 작업은 이걸로 끝내야겠다고 덤프트럭 기사에게 카톡을 보냈지만 마음이 놓이지 않았다. 번개가 치고 천둥소리가 연이어 들렸다. 천둥소리 탓에 기와집에서 의붓아버지가 엄마를 향해 지르던 고함소리를 떠올렸다. 아무렇지도 않던 심장이 쿵쿵거리기 시작했다. 소녀가 나타나주기만 한다면 마음이 진정될 것 같았다. 멀쩡하던 배도 갑자기 아파왔다. 나는 우산을 쓰고 허물어져가는 원두막을 향해 뛰었다.

멀리서 덤프트럭의 굉음이 들렸다. 진흙탕을 빠져나오느라 덤프트럭이 엔진 회전수를 올리는 소리였다. 오늘은 더 이상 작업을 하지 않는다고 했는데 덤프트럭이 다시 나타난 게 이상했다. 긴장이 되었던 나는 배가 아팠다는 사실조차 잊어버렸다. 무심결에 바지를 올린 순간 배는 다시 꾸르륵거렸다. 우산을 쓰고 쪼그려 않으니 비가 등짝을 쓸며 흘러내렸다. 그 사이 덤프트럭이 굴삭기 앞에 도착해 시동을 껐다. 나는 앉은 채로 고개를 들어 덤프트럭에 시선을 모았다. 멈춰 선 덤프트럭이 꿀렁거리기 시작했다. 그걸 본 나는 바지를 급히 올리고 굴삭기로 뛰어갔다. 굴삭기에 올라타자 덤프트럭이 내려다보였다. 등을 보이고 있는 덤프트럭 기사는 좌우로 몸을 비틀고 있었다. 하얀 옷이 덤프트럭 기사의 움직임 사이로 몇 번이나 눈에 띄었다. 그걸 본 나는 굴삭기의 시동을 걸었다. 그 소리에 덤프트럭 기사가 고개를 들었다. 나는 높이 쳐 든 버킷을 덤프트럭 운전석 위에 내리 꽂았다. 덤프트럭 기사가 굴삭기를 향해 고함을 지르는 소리가 빗소리에 뒤섞였다. 나는 굴삭기 문을 급히 열고 뛰어내려 덤프트럭으로 달려갔다. 덤프트럭의 문을 잡아당겨 기사의 허리춤을 낚아챘다. 기사는 내 손에 끌려 내려오지 않으려고 핸들을 움켜쥐었다. 한동안 버티다가 끌려 내려온 기사의 목을 팔로 비틀어 쥔 나는 기사를 물이 고인 바닥에다 엎어치기로 꼬라박았다. 흙탕길에 늘어져 누운 기사의 머리를 돌멩이로 내리찍으려 한 순간이었다. 소녀가 덤프트럭의 창문을 내리고 고개를 내밀어 비명을 질렀다. 그 소리에 나는 돌멩이를 쥔 손의 힘을 풀었다. 나는 덤프트럭으로 달려가 조수석 문을 열었다. 울고 있는 소녀를 부축해서 덤프트럭에서 내려줬다. 소녀는 손에 들기에도 버거운 돌멩이를 주워 덤프트럭 기사에게 던지며 말했다.

"안 탄다고 했는데 왜 저를 억지로 태워요?"

돌멩이는 절반도 못 미친 자리에 떨어졌다. 하지만 소녀에게 그만한 힘이 솟아났다는 게 신기할 정도였다.

교대를 하러 온 사장에게 덤프트럭 기사를 바꾸면 안 되느냐고 말했다. 사장은 덤프트럭 기사에게 석 달 계약금을 선불로 줬다고 했다. 그 말을 들은 나는 무얼 믿고 덤프트럭 기사에게 선불까지 주면서까지 계약을 했느냐고 주제넘게 따지기도 했다. 사장은 그 정도의 돈으로 시골에 처박혀 일할 사람을 찾기는 쉽지 않다고 말했다. 덤프트럭 기사가 이틀 동안 나타나지 않은 공사 현장은 퍼낸 흙이며 돌이 산더미처럼 쌓였다. 나와 교대를 한 사장은 숙소에 가서 쉴 생각도 잊은 듯 한숨을 쉬었다. 퍼낸 흙더미를 한 바퀴 돌기도 하면서 무언가 생각에 잠긴 듯했다. 그때 저만치서 경광등 불빛이 반짝거리는 게 보였다. 곧이어 흙더미 가까이에 멈춰 선 경찰차의 문이 열린 뒤 두 명의 경찰이 굴삭기 가까이 다가왔다. 경찰관은 사장에게 한참 동안 무언가를 묻고 나서 수첩에다 관련 내용을 기입했다. 사장의 얼굴이 점점 굳어가는 느낌이었다. 경찰차는 이내 왔던 길을 따라 되돌아갔다.

"아무래도 안 되겠어. 덤프트럭 기사를 구해야겠어."

그 말을 남긴 사장은 픽업트럭을 몰고 어디론가 사라졌다.

덤프트럭 기사가 바뀌었다. 50대 중반으로 보이는 덤프트럭 기사는 얼굴도, 눈도 둥글고 밝아서 누구에게나 호감 가는 인상이었다. 교대하려면 한 시간이 남았는데 어쩐 일인지 사장이 공사 현장에 불쑥 나타나서 내게 말했다.

"조사할 게 있다고 경찰서에 출두하래."

사장이 내게 한 말은 밑도 끝도 없었다.

"왜요? 무슨 일이래요?"

"자세한 건 나도 잘 몰라. 가보면 알게 될 거야."

사장은 경찰관에게 무슨 얘기를 들었는지 시큰둥하게 말했다. 굴삭기에서 내려온 나는 사장의 픽업트럭을 몰고 경찰서로 향했다. 내가 조사실로 들어가 의자에 앉은 순간, 수갑을 찬 덤프트럭 기사도 경찰관의 손에 이끌려 들어오고 있었다. 나는 조사관의 손짓에 따라 의자를 책상 가까이 당겼다. 책상 위에는 지장이 찍힌 서류 한 장이 얹혀 있었다. 덤프트럭 기사가 저지른 잘못이 낱낱이 기록되어 있었고 아래쪽에는 소녀에 대한 이야기도 적혀 있었다. 조사관은 덤프트럭 기사가 소녀를 성폭행한 사건의 증인으로 나를 불렀다고 했다. 조사관이 뒤적거려 보여준 서류에는 덤프트럭 기사의 사진과 함께 몇 년 전에 일어

낳던 여자 아이 성폭행 사건 기록도 적혀 있었다. 덤프트럭 기사는 성폭행 전과 8범이었다.

경찰서에서 나오자마자 나도 모르게 발걸음이 소녀의 집으로 향했다. 그 집은 한때 내가 살았던 의붓아버지의 집이기도 했다. 어릴 때 그토록 커 보였던 기와집은 생각했던 것보다 작고 초라했다. 기와집에 들어서자 환청처럼 안채로부터 싸우는 소리가 들렸다. 묵직한 발자국 소리가 마당을 건너오기도 했다. 누이를 부르는 엄마의 목소리도 연달아 들렸다. 뒤이어 누이가 흐느껴 우는 소리까지 하울링이 되어 울렸다. 엄마가 누이를 안고 훌쩍거리던 모습도 한동안 눈앞에 어른거렸다. 그날 밤이었던 것 같았다. 엄마가 나와 누이를 데리고 의붓아버지 집을 몰래 빠져나왔던 것이. 정신을 차린 나는 오랜 동안 살았던 기와집을 구석구석 둘러보았다. 달빛 아래서도 기와집의 윤곽은 뚜렷하게 기억할 수 있었다.

브레카로 돌을 깨는 작업이 끝났다. 어려운 작업을 밤을 새워 마친 공사 현장은 완공날짜를 맞추느라 더 바빠졌다. 운전기사가 바뀐 덤프트럭은 더 바쁘게 공사현장을 들락거렸다. 이제껏 보이지 않던 소녀의 집 지붕 끝부분이 눈에 띄기 시작했다. 소녀의 집을 제대로 쳐다보려니 무덤 하나가 시야를 가렸다. 풀이 웃자란 무덤은 돌보는 사람이 아무도 없는 듯했다. 사장이 신문에 광고를 내서 묘지의 주인을 찾는다고 했지만 몇 달 동안 아무런 연락조차 없었다. 남의 무덤을 함부로 건드려 낭패

를 본 일이 있었다는 사장은 내게 미리 조심해야 한다고 일러
주었다. 공사를 진행하면서 무덤에 점점 가까워졌다. 무덤 주인
이 나타나지 않으니 누군가 그걸 파헤쳐야 할 일이 걱정스러웠
다. 나는 무덤의 연고자가 누군지 소녀의 아버지는 알고 있을지
도 모른다는 생각이 들었다.

소녀의 아버지가 전해준 말을 들은 나는 깜짝 놀랐다. 무덤에
묻힌 사람이 내 의붓아버지라는 확신이 들어서였다. 의붓아버
지는 우리가 기와집에서 도망을 나온 뒤 자주 경찰서와 법원을
들락거렸다고 했다. 그러다가 살던 기와집이 경매에 넘겨지자
어디론가 떠돌다가 집 앞에서 주검으로 발견된 것을 소녀의 아
버지가 매장했다는 거였다.

무덤은 곧 파헤쳐졌다. 나무로 된 관은 썩어 시커멓게 변해
있었다. 관 뚜껑을 열었다. 시큼한 냄새 때문에 머리가 아팠다.
시신의 살점은 거의 다 썩어 있었다. 검게 변해버린 뼈는 가지
런히 놓여 있었고 머리카락은 길게 자라 있었다. 나의 눈길이
시신의 아랫도리에 꽂혔다. 그 곳에는 아직까지도 붉은 살덩
어리가 남아 있었다. 썩지 않은 살이 골반을 감싸고 있었던 거
였다. 나는 암에 걸린 사람이 죽으면 암세포는 끝까지 살아남
아 시신의 양분을 남김없이 빨아먹으며 버틴다는 얘길 들은 기
억이 났다. 섬뜩한 느낌을 지우지 못하고 서 있는 나에게 사장
은 무연고 처리를 하면 된다고 했다. 하지만 의붓아버지가 불길
에 타 죽는 마지막 모습을 내 눈으로 직접 확인하고 싶었는지

도 모르겠다. 나는 화장을 전문으로 하는 사람을 찾아냈다. 이동식 화장로를 갖춘 차량이 공사 현장에 도착했다. 나는 의붓아버지의 머리뼈를 두 손으로 집어 들었다. 모든 것이 빠져나간 해골은 무게가 없었다. 입이 있던 자리나 눈 주위는 허공이라는 느낌만 남아 있었다. 나머지 뼈도 주섬주섬 주워 불이 붙고 있는 화장로에 던져 넣었다. 그러는 내 손에도 아무런 감각이 없었다. 의붓아버지의 마지막을 지켜보는 동안 눈앞이 흐려졌다.

기와집은 며칠 내로 철거될 예정이었다. 굴삭기로 쉴 새 없이 흙을 파내는 사이에 화물차 한 대가 기와집에 도착했다. 집 안에 있던 물건들이 하나씩 화물차에 실렸다. 나는 굴삭기 작업을 하면서 화물차에 가재도구가 빽빽하게 실리는 모습을 지켜봤다. 짐을 다 실은 화물차가 시동을 걸었다. 소녀의 가족들이 차에 올라탔다. 차에 탄 소녀가 나를 바라보며 손을 흔들었다. 나는 화물차가 먼지를 일으키며 사라지는 방향을 쳐다보았다. 그 모습이 시야에서 완전히 사라질 때까지 멍하니 서 있었다.

기와를 얹은 본체와 행랑채 철거 작업은 하루 이틀이면 끝날 일이었다. 나는 느리게 굴삭기 조종 레버를 움직였다. 버킷이 오래된 집을 덮쳤다. 누이가 머물던 행랑채의 방을 짓뭉갰다. 집이 허물어지자 명치에 걸렸던 갑갑함이 순식간에 사라졌다. 나는 굴삭기 버킷을 더 높이 쳐들었다. 내가 의붓아버지에게 끌려들어 가 매를 맞던 창고의 지붕은 굴삭기 버킷이 살짝 스쳤을 뿐인데도 힘없이 주저앉았다. 들여다보기만 해도 무섭던 화장실이 흔적도 없이 사라졌다. 부엌의 아궁이를 뭉개자 시커먼 먼지가 오래된 기억을 지웠다. 엄마와 의붓아버지가 자주 다투던 안방을 부숴버렸다. 의붓아버지가 엄마를 발길질하던 기억이 먼지와 함께 스러졌다.

　토목 공사가 거의 끝나가고 있었다. 산을 뭉갠 자리에는 전원 주택단지가 들어선다고 했다. 공사가 끝나면 엄마와 누이의 천도제를 지내줘야겠다고 생각했다. 집이 헐린 자리에서는 사장이 굴삭기로 흔적을 지우는 작업을 하고 있었다. 굴삭기는 새로운 터를 다지기 위해 오래도록 덜컹거렸다.

어떤 각본

그의 죽음은 사실이 아닐지도 몰랐다. 짜인 각본에 따라 얼마 뒤 내 앞에 불쑥 모습을 드러낼 수도 있었다. 그는 스스로 지어낸 병명으로 마치 죽기라도 한 것처럼 사라져버렸으니까. 한때 그와 친하게 지냈던 나로서는 그런 사실이 두렵기만 했다. 버스 터미널이나 극장 같은 곳에서는 무심결에 주위를 두리번거렸다. 나는 이리저리 흩어진 기억들을 주섬주섬 긁어모아 봤지만 어떻게 그런 일이 일어나게 되었는지 종잡을 수 없었다.

죽은 걸로만 알고 있었던 친구와 내가 가깝게 된 것은 두 사람 다 조그만 사업을 하고 있어서였다. 종업원들이 애를 먹이는 것이라든지, 납품을 하고 나면 수금이 제때 되지 않아서 골머리를 썩인다든지, 납품 회사의 갑질 때문에 더 이상 일을 못 해먹겠다든지 하는 일로 포장마차에서 술을 마시며 얘기를 나누고부터였다. 그렇게 만나 시간이 늦어지면 그의 아내 p가 걱정스런 얼굴로 술자리에 나타났다. 그 무렵이면 이미 두 사람의 얘기는 고갈되어서 자리를 털고 일어서야만 했다. 하지만 p가 오자마자 자리에서 일어나는 건 예의가 아니었던 터라 술과 안주를 다시 주문하고 했던 얘기를 되풀이할 수밖에 없었다. 사업 얘기에서 범위를 더 넓혀 애들 키우는 문제까지 불거져 나오면 이야기는 걷잡을 수 없을 만큼 가지를 쳤다. 친구와 p는 모처럼의 술자리를 빌어서 평소의 감정을 드러내고 다투는 모습도 보였다.

나는 그들이 토닥거리며 싸우는 모습이 부러웠다. 곱살스러운 아내와 저렇게 다툴 수 있는 것도 행복이 아닐까 하면서 흐뭇한 눈으로 바라보았다. 친구의 아내인 p는 간호사였다. 친구를 처음 만난 자리에서 p는 하얀 가운을 입고 나타났었다. 그렇지만 p가 일하는 병원에 내가 아파서 가리라곤 생각해보지 않았다.

어느 날 회사로 아내의 전화가 걸려왔다. 멀쩡하던 아이가 갑자기 아파 열이 펄펄 난다는 거였다. 내가 아는 사람들을 죄다 떠올려봤지만 병원에 근무하는 사람이라곤 p뿐이었다. 나는 아내에게 p가 일하는 병원을 가르쳐주면서 찾아가면 여러모로 편리할 거라고 말해주었다. 퇴근 후 아내는 내게 병원에 다녀온 얘기를 세세하게 전했다. 서둘러 처치를 해줬던 덕분에 아이가 고생을 덜했다면서 숫기 없는 자기 대신 인사를 전해달라고 말했다.

알고 봤더니 p는 유난스럽게도 대명사를 자주 쓰곤 했다. p가 각본에 적힌 대로 연기를 하다 보니 그럴 수밖에 없을 거란 생각은 나중에야 하게 되었다. 나는 인사치레의 전화를 하는 동안 p가 쓰는 대명사를 풀어서 해석하느라 머리가 지끈거렸다.

"그게 그렇게 해서 그렇게 되었잖아요."

그런 문장 하나를 귀에 담고 보면 어려운 국어 문제를 오지선다형으로 푸느라 끙끙거리는 것과 별반 다르지 않았다. p가 병원에 근무하지 않았거나 친구 아내가 아니었다면 나는 두 번다시 부딪칠 일을 만들지 않았을 거였다.

"우리 거기서 그거 한잔할까요?"

그 정도의 대화면 일차 함수에 속했다.

"그때 그걸 그렇게 해서 그렇게 마쳤는데…, 그건 아니라고 그렇게 했어요."

나는 그런 p의 말을 들을 때마다 머리가 빙빙 돌 지경이었다. 그 정도의 문제도 풀 수 없다면 친구와 친하게 지내는 걸 포기하란 뜻이었는지 p는 자신의 언어 습관을 고칠 생각이라곤 손톱만큼도 없어 보였다. 가끔 p와 부딪치곤 하는 내가 그 정도인데 친구는 그동안 얼마나 답답했을까 생각하니 숨이 막혔다. 각본에는 아마도 p의 말을 이해하느라 억지로 머리를 쓴 탓에 친구가 병이 걸려 죽는 걸로 결말이 날 것 같았다.

월급날이 다가오면 친구는 얼굴색이 노랗게 변했다. 발주사의 물품 대금 지급일이 들쑥날쑥했으니 수주받는 입장인 친구로서는 거기만 쳐다보고 있어봐야 소용없는 짓이었다. 내가 알기로도 친구는 발주사만 믿고 있다가 몇 번인가 직원들 월급을 못 준 일도 있었다. 친구는 도저히 할 짓이 못 된다면서 속내를 털어놓았었다. 회사 일에 대해 미주알고주알 털어놓은 까닭에는 내가 형편이 된다면 자기가 어려우니 좀 도와주면 좋겠다는 뜻이 감춰져 있는 것 같았다. 나는 친구에게 "사실은 나도 썩 자금 사정이 좋지 않아 마이너스 통장을 만들어 쓰고 있어"라고 말해줬다. 친구가 숨이 넘어갈 지경에 이른다면 마이너스 통장에서 얼마간이라도 빌려줄 수 있다는 암시를 전한 거였다. 서로 어렵게 사업을 해나가는 처지이니 형편이 된다면 돕는 게 친구 사이의 의리를 지키는 게 아니겠냐는 말도 덧붙였다.

피부가 좋아 여드름도 잘 나지 않았던 내게 종기가 생겼다. 부위가 목 뒤편이었으니 잘못하면 경추 신경을 건드릴지도 모른다고 주위 사람들의 걱정이 이만저만 아니었다. 늘 바빴던 내가 퇴근할 무렵이면 병원은 어디나 문을 닫아버린 뒤였다. 아무런 처치를 할 형편이 못 되었으니 종기는 점점 커졌다. 세수를 할 때면 목 전체가 욱신거렸다. 겉으로 솟아오른 종기는 거울로 비춰 보아도 제법 불룩했다. 살갗 속으로 숨어 있는 뿌리와 경추 신경이 맞물릴 수도 있다는 생각을 하니 겁이 더럭 났다.

일요일이었지만 아픈 목을 움켜쥐고서 출근을 했다. 다행스럽게도 전화가 걸려오지 않은 탓에 오후 세 시쯤 급한 일이 마무리되었다. 아픈 걸 잊고 있었던 내가 갑작스레 목덜미에 쥐어짜는 통증이 느껴져서 p에게 급히 전화를 걸었다.

"그게 그렇게나 그거 해요?"

p의 말은 목 뒤의 종기만큼이나 나를 답답하게 했다. 지금 병원에 가면 처치를 해줄 수 있느냐는 말에 p는 "정 그거하면 일단 그거하세요"라고 말했다. 목덜미가 아픈 데다 p의 말에 답답하기까지 했던 나는 일방적으로 약속을 정한 뒤 병원으로 달려갔다. p도 쉬는 날이었으므로 집에 있다가 급히 달려온 탓에 사복 차림이었다. 사복을 입은 p의 모습은 평소에 비해 더 포근해 보였다. 목을 들춰서 종기를 살펴 본 p가 말했다.

"이게 엄청 그거 했네요. 내가 그거 해서 그거 하도록 할 테니 잠시 그거 하세요."

p의 말을 들은 나는 아픈 목덜미보다 속이 더 답답해서 미칠 지경이었다. p의 얘기는 아마도 수술을 하자는 것이었을 텐데 누가 메스를 잡는지, 위험하지는 않은지, 수술을 하면 활동에 지장은 없는지를 도무지 알 길이 없었다. 돌아올 대명사들의 혼란을 생각해서라도 더 이상 묻기가 겁이 났다. 곧이어 가운을 입은 젊은 남자가 나타났다. p는 가운을 입은 남자에게 대놓고 반말을 했다.

"그게 그거 해서 그거 할 수 없어서 그거 했나 봐."

젊은 남자는 p의 말에 익숙해졌는지 아니면 그것과 상관없이 종기를 보고 자기 손으로 충분히 해결할 수 있다고 확신했는지 주머니에서 꺼낸 리도카인 앰플을 똑, 하고 잘랐다. 일회용 주사기에 유리관의 약물을 가득 빨아들였다. 주사기를 거꾸로 세워 약물이 하늘로 솟구치도록 짠 뒤 내 목덜미에 주사기를 갖다 댔다. 따끔, 그 느낌 뒤로 아무런 감각이 없었다. 젊은 남자의 그림자만 눈앞에서 왔다 갔다 하는 게 한동안 보였다.

"그거 하면 그거 하는데 그거 되지 않을까?"

젊은 남자를 지켜보던 p의 얘기를 들은 나는 속이 더 답답해져 왔다. 목의 통증이 마취되고 나니 답답함이 다른 곳으로 전이된 느낌이었다. 십 분쯤 시간이 흐른 것 같았다. 목덜미는 통증이 느껴질 때보다 더 묵직했다. 젊은 남자가 복도를 통해 사라지고 난 뒤엔 목을 돌리기조차 힘들었다.

"이제 그거 했으니 그거 할 거예요. 집에 가서 그거 잘 하세요."

p의 얘길 들은 나는 그녀와 함께 일하는 사람들 모두가 천재일 거라는 생각이 들었다. 그런 이유로 p와 함께 근무하게 된 게 아니었을까 하고 생각하니 그나마 위안이 되었다. 한 번 더 곱씹어 생각한다면 그들이 p의 말을 잘 알아듣는 것처럼 보이는 것도 각본을 외워서 잠깐 자신의 배역을 하고 무대 뒤로 들어가면 되기 때문인지도 몰랐다.

나는 p가 챙겨준 약봉지를 받아 들고 집으로 왔다. p의 말을 해독하느라고 신경이 곤두섰던 탓에 수술에 대한 사례를 잊고 있었던 나는 p에게 다시 전화를 걸었다.

"그거 아무런 그거 하지 마세요. 내가 그거 할 테니 그거만 잘 하세요."

p의 말을 듣자마자 가라앉고 있던 목덜미의 아픔이 되살아난 느낌이었다. 마취가 점점 풀려 그런 건지 아니면 p에게서 들었던 이야기 때문인지 종잡을 수 없었다. 나는 p를 대신해서 친구에게라도 사례를 해야겠다고 생각했다. p에 대한 마음의 빚은 그때부터 통증이 있었던 목덜미로부터 어깨로 옮겨온 거였다.

포장마차에서 만난 친구가 사업 얘기 끝에 p의 권유에 못 이겨 종합검진 예약을 했다는 말을 들었다. 나는 친구에게 p가 병원에 근무를 하니 그런 혜택도 보게 된 거라며 반가워했다. 친구는 내 말에 대뜸 짜증을 부리면서 되받았다.

"개뿔! 난 일주일에 한 번씩 헌혈을 해. 혈액 검사 결과서가 일주일마다 집으로 날아온다니까!"

의아해진 나는 '그래?' 하며 친구의 얼굴을 똑바로 쳐다보았다. 그날따라 친구의 얼굴엔 핏기라곤 없었다. 피를 자주 빼서 그런 일이 생긴 건지 누군가가 씌워준 가면 때문인지는 알 수 없는 일이었다. 얼마 후 친구의 종합검진 결과가 나왔으리란 생각에 다시 p에게 전화를 걸었다.

"애 아빠가 그걸 그거 해보았더니 그게 그거 하다네요."

p와의 전화 내용을 곱씹어봤지만 도무지 갈피를 잡을 수가 없었다. p의 말투로 보아 그거란 건 내 목에 났던 종기보다 하찮은 걸로 들렸다. 나는 친구에게 직접 얘기를 듣는 게 낫겠다

며 급히 전화를 끊고 스마트폰의 최근 통화기록에서 친구의 번
호를 눌렀다.

"아무리 생각해도 그거인 것 같아. 그렇게 자주 그걸 빼 갔는
데 그동안 한 번도 그걸 몰랐다는 게 말이 돼?"

내게 하소연을 하는 친구의 말투도 p를 닮아가는 것 같았다.
그게 아니라면 이제야 친구가 각본에 제대로 적응을 하는 것
같기도 했다.

"병명이, 도대체 뭐야?"

나는 친구가 연극을 하고 있다는 전제 아래 단도직입적으로
물었다.

"시팔, 그걸 그렇게 자주 그거 했는데 거기에 문제가 그거
했대."

나는 친구의 말을 통해 드러난 하나뿐인 감탄사인 시팔이 문
제였다는 걸로 알아들었다. 너무 자세히 알려고 하다가는 자칫
친구의 아픈 곳을 건드릴지도 몰라 p에게 직접 이야기를 듣는
게 나을 것 같았다.

"그걸 그거 해서 거기로 보냈더니 결과가 그거 하다고 하네요."

스마트폰을 통해 p의 말을 들었지만 여전히 병명을 알아내기
는 어려웠다. 혼자서 이리저리 혈액에 관련된 병을 떠올려보다
가 검색도 해보았지만 마땅히 집히는 걸 찾아내지도 못했다.

병이 걸렸다는 친구에게서 다시 전화가 걸려왔다. 친구의 목
소리는 유난히 풀 죽어 있었다. 나는 마이너스 통장의 돈으로

직원들 월급을 이체하는 중이었다. 친구의 월급날도 우리와 같다는 게 갑자기 떠올랐다. 친구는 내게 한 달 내로 만기가 돌아오는 어음이 있는데 그걸 받고서 돈을 좀 빌려줄 수 있겠느냐는 말을 대명사를 섞어 어렵게 전했다. 마침 마이너스 통장에 여유가 있었으니 중간 지점에서 만나기로 약속을 했다. 약속 장소에 도착해서 보니 친구의 얼굴에는 지난번보다 더 핏기가 없었다. 나는 친구에게 병이 생겼다는 건 까마득히 잊고 직원들 월급을 맞추느라 잠을 제대로 못 자서 그런 것이라고만 생각했다.

"형이 내게 골수를 주겠다고 하더라."

친구가 모처럼 대명사를 쓰지 않고 했던 말에 나는 깜짝 놀랐다. 몸에 거부 반응이 없는 골수를 이식하고 나면 백혈병이 낫는다는 건 알고 있었다. 형의 골수가 친구에게 거부 반응을 일으키진 않을지 염려스러웠다. 은둔형 외톨이로 자라난 나는 그 말을 듣고서 간이 철렁했다. 나는 친구가 건넨 어음을 받고서 은행에서 마련한 돈을 그에게 내밀었다. 되돌아서 손을 흔드는 친구의 백지장 같은 얼굴이 왠지 무섭게 보였다.

밀린 일 때문에 늦게 집에 온 날이었다. 아내가 발을 씻는 내게 유난스레 바가지를 긁었다. 흔히 벌어지는 집안일에 대한 짜증을 나를 향해 쏟아낸 거였다. 나는 그깟 일쯤 혼자 삭이지 못하느냐고 버럭 고함을 질렀다. 아내는 나의 고함 소리를 들은 뒤 입을 닫았다. 경험으로 봐서 한 번 닫힌 아내의 입은 오랫동안 열리지 않을 거였다. 속이 상했던 나는 술이나 한잔해야겠다고 밖으로 나갔다. 혼자였으니 술집에 들어서기란 쉽지가 않아 입구에서 한참 동안 망설이고 있었다. 그때 불현듯 친구 집 전화번호가 떠올랐다. 다이얼을 돌렸더니 p가 전화를 받았다.

"애 아빠, 그거 하느라고 거기서 그거 하고 그거 할 거예요."

나는 친구를 대신해서 p라도 시간이 된다면 차 한잔할 수 있겠느냐고 물어봤다. 두말없이 바깥으로 나온 p는 간편한 원피스 차림이었다. 그걸 본 순간 나는 묘한 감정에 사로잡혔다. 둘만 만나니 분위기 또한 어색했다. 나는 몸이 아프다는 친구의 이야기를 먼저 꺼냈다.

"그게 그거만 잘하면 그거 할 거예요. 그걸 늘 그거 하니 그런 문제가 그거 하는 거 아니겠어요?"

남편의 병에 대해 질문을 한 거였는데 p의 대답이 대명사인 걸 보면 그다지 심각한 건 아닌 듯했다. 곧이어 주문한 커피가 날라져 왔다. 핸드드립으로 내린 에티오피아 커피에서는 딸기 맛에 이어 초콜릿의 맛과 향이 거의 동시에 피어올랐다. 향기의 속을 세심하게 더듬었더니 재스민 꽃향기가 얼핏 스치기도 했다. 서너 모금을 맛본 내가 커피가 강하게 볶여서 제맛을 잃은 것 같다고 하자 p가 토를 달았다.

"그거나 그거나 그거 한 거 아니에요?"

커피를 잘 아는 발주사 직원과 자주 카페를 찾았던 나는 얼어들은 얘기만 해도 p를 충분히 이길 수 있을 것 같았다. p가 대명사의 말을 했지만 커피에 관한 얘기였으니 알아듣는 데 아무런 문제가 없었다. 말이 나온 김에 로스팅 정도에 따라 커피 맛이 어떻게 변하는지를 p에게 자세하게 설명하느라 시간은 제법 늦어버렸다. 그러는 사이에 카페의 주방 쪽에서 달그락거리며 설거지를 하는 소리가 들렸다. 우린 어쩌다 시간이 이렇게 늦었느냐면서 자리를 털고 일어섰다. 카페에서 나와 집으로 돌아오며 서로의 고달픈 삶을 터놓고 얘기하는 동안 둘 사이는 p의 옷차림처럼 편안해졌다.

쉬는 시간이 거의 없다시피 한 회사 일 때문에 몸살이 났다. 몸이 아프다면서 밀린 일을 집에까지 가져와 끙끙거리는 모습에 아내는 화를 냈다. 지어두었던 약으로 하루를 버티던 나는 도저히 견뎌내기 힘들어서 p에게 전화를 했다. 간혹 관청에 불려간 p가 일에 바쁜 고위 관리들에게 주사를 놔주기도 한다는 말을 들었던 기억이 나서였다. 나는 저녁에 주사 한 대 놔줄 수 있냐고 p에게 부탁했다. p는 여전한 말투로 그게 뭐 그거 한 일이냐고 아주 쉬운 일인 듯 대답했다.

두 사람이 만날 장소를 정하기가 어정쩡했던 나는 p의 집 앞이면 맘이 더 편하겠다고 말했다. 나는 서둘러 일을 마치고 p의 집으로 차를 몰았다. 차가 주차장으로 들어설 무렵 나를 알아본 p가 팔을 부자연스럽게 흔들며 다가왔다. 나는 p의 말쑥한 옷차림을 본 뒤 옷자락을 들어 올려 냄새를 맡아보았다. 하루 종일 일하느라 진땀을 흘렸던 내 몸에서는 식초 냄새가 심하게 났다. 차 문이 열리고 p가 올라탄 걸 본 나는 창문을 내려 바깥 공기를 불러들였다.

"그걸 그거 하는 걸 보니 그걸 그거 하셨나 보네요."

뜻 모를 말끝에 웃음을 지은 p는 입을 살짝 가리고서 나를 빤히 쳐다봤다. 잠시 후면 엉덩이를 내맡겨야 할 텐데 그깟 일로 뭘 그리 예민하게 생각하느냐고 나무라는 눈치였다. p를 태운 차는 복잡한 시내를 벗어났다. 열이 오른 내 몸은 점점 불덩어리처럼 변해갔다. 열 때문에 시야는 점점 흐려졌다. 더 이상 운전을 하기가 겁이 난 내가 p를 쳐다본 순간, 저만치 보이는 모텔 중에서 어느 한 곳을 p가 손가락으로 가리켰다. 어쩔 수 없이 p의 손가락이 가리킨 모텔을 향해 핸들을 꺾은 내 눈을 번쩍거리는 불빛이 마구 찔렀다. p는 벌게진 내 표정을 지켜본 뒤 무표정하게 차에서 내려 나를 뒤따라 룸으로 들어섰다. 나는 룸에 들어서기 바쁘게 미안한 표정으로 p에게 의자를 권했다. 그런 뒤 식초 냄새부터 지우려는 생각에 샤워를 했다. 샤워를 마치고 나오니 p는 태연하게 텔레비전을 보고 있었다. 주사 맞을 준비가 되었다는 걸 곁눈질로 알아챈 p는 주사기로 내 엉덩이를 찔렀다.

"그거만 하고 그거 하고 있으면 그거 할 거예요."

그렇게 말한 p는 몇 봉지인가 약을 꺼내더니 물과 함께 내 앞에 내밀었다. 한줌의 약을 단번에 삼킨 나는 극심한 피로에다

약 기운까지 겹쳐 순식간에 곯아떨어졌다.

눈을 떠 보니 정신이 가물가물해서 내가 있는 곳이 어딘지조차 분간할 수 없었다. 그때 전화기에서 요란한 벨소리가 들려왔다. 나는 엉겁결에 수화기를 집어 들었다. 시간이 되었으니 방을 빼달라는 소리였다. p는 내가 잠이 든 사이에 텔레비전을 켜서 동물의 왕국을 보고 있었던 거였다. 정신이 겨우 돌아온 나는 침대에 p가 앉아 있는 모습을 본 뒤 조금 전 일이 아득하게 여겨졌다. 마치 꿈을 꾼 것만 같았다. 누군가가 나의 기억을 잠시나마 지우려고 두 사람을 여기로 끌어들인 거라 여겼다. 차라리 여기가 동물의 왕국이었다면 이따위 각본은 필요하지 않을 거였다.

주사를 맞고 독한 약을 먹은 덕분인지 몸은 곧 나았다. 사흘이 지난 뒤 p에게서 전화가 걸려왔다. 나는 틀림없이 p가 생색을 내려고 전화를 한 것이라 생각했다. 수화기를 통해 p는 지난 번 마신 커피가 잊히지 않는다고 말했다. 나는 별 생각 없이 일 마치면 커피나 한잔하자는 말을 건넸다. 일을 마무리한 내가 지난번 p와 만났던 카페 근처 골목에 들어서니 구수한 향기가 몸을 휘감았다. 이런 분위기라면 어떤 짜증스런 일이 있었더라도 쉽게 지워버릴 수 있을 것이라 생각했다.

"회사가 많이 그거 하나 봐요. 그 땜에 요즘 애 아빠 거기가 그거 해요."

황당한 이야기가 p의 입에서 흘러나왔다. 나는 몇 갈래의

말을 이어 붙여 대명사의 문장을 명사로 된 문장으로 고쳐야
했다.

"어려운 게, 회사예요? 아님, 발기예요?"

"그건 아니구요. 그게 그거 하다니깐요!"

다른 사람들은 잘 알아듣는데 왜 나만 못 알아듣냐는 투로 p
는 언성을 높이기도 했다. 무언가 나의 도움이 있어야 p와 친구
의 어려움이 해결될 것 같았다. 성질이 급한 나는 어떻게 하면
p에게 도움이 되겠느냐는 말을 꺼내고 말았다. 지나고 보니 그
건 아마도 내 성격을 잘 알고서 미리 각본을 짜놓은 탓이려니
했다.

"사실은 그게 좀 그거 해요."

p가 일부러 궁금증을 불러일으켜서 나를 함정에 빠뜨리려 했
다는 걸 그땐 몰랐다. 나는 각본대로 p에게 서서히 빠져들었다.
그런 과정에서 대명사의 문장쯤은 아무런 문제가 될 수 없었다.
정신을 홀라당 빼앗기고 나니 p가 가진 아픔들이 점차 내 것으
로 바뀌어갔다. 출장길의 고속도로 휴게소에서 열이레 달빛을
보았다. 시골 하늘을 밝히고 있는 달빛은 p의 얼굴을 닮아 있
었다. 그 광경을 메모지에다 옮겨 적었다. 마음 한구석에는 p를
향한 뜨거운 마음이 모락모락 피어나고 있었다. p가 내 편지를
받고 나서 '그게 그건 아니고 그거일 거예요'라고 얘길 해도 상
관없는 일이었다. 편지를 p에게 보냈지만 바쁜 일과 탓에 까마
득히 잊고 있었다. 일 한 가지를 마무리하면 그때서야 p의 얼굴

이 떠오르곤 했다. p가 가면을 쓰고 있을지라도 내가 다가가서 벗기면 될 것이라는 생각이었다.

　p와 만날 약속을 정했다. p를 태운 나는 한적한 바닷가로 차를 몰았다. p는 일부러 그러는지 몰라도 유난히 길이 험한 바닷가로 가자고 내게 말했다. p가 안내한 곳은 지나는 사람이라곤 보이지 않았다. 철썩거리는 파도 소리가 열어젖힌 창으로 쏟아져 들어왔다. 나는 어둠에 싸인 바다와 마주 보게 차를 세웠다. p와 함께라면 차를 몰고 바다로 뛰어들어도 좋다는 생각 때문이었다. 어둠과 적막을 꿰뚫고 밀려드는 파도는 차를 삼킬 듯했다. 나는 어둠의 힘을 빌려 입술을 p에게 천천히 가져갔다.

　"이러시면 그거 해요. 나중에 그거 하면 어떻게 그거 하실래요?"

　p의 말을 내 입술이 막았다. 여린 팔로 내 등을 몇 번 두드리던 p는 더 이상 버둥거리지 않았다. 나는 p가 숨을 쉬지 않는 게 아닌가 걱정이 되었다. 그 무렵 희미한 불빛이 내 몸을 훑고 지나가는 게 느껴지기도 했다. p가 외우고 있는 각본에는 남녀가 만나 사랑을 하며 벌이곤 하는 과정에서 앙탈이나 저항을 하는 지문이 없었던 것 같았다. 그런 생각은 p와 헤어진 다음 집에 와서야 떠올린 거였다.

　어쩐 일인지 아침부터 p에게서 전화가 걸려왔다. 대명사의 말들을 분석해본 결과 친구 회사의 자금 사정이 어려워 부도가 날 지경이라는 문장이 눈앞에 두둥, 떠올랐다. 나는 아무 생각 없이 마이너스 통장에서 돈을 인출해서 p에게로 달려갔다. 카페에서 만난 p에게 내가 차용증서를 적어달라고 말했다. p는 단 한 번도 차용증서를 써 보지 않았던지 몇 번이나 적는 법을 나에게 물었다. 나는 차용증서 양식을 스마트폰에서 찾아 p에게 내밀었다. p가 적은 차용증서가 하얀 봉투에 담겨 내 앞에 놓여졌다. 친구가 몸이 점점 나빠진다는 건 생각할 겨를이 없었다.

"틀림없이 그거 할게요. 나를 그거 하세요."

마시는 커피에서 구수한 맛이 나지 않았다. 커피잔 속에는 점점 핏기를 잃어가는 친구의 얼굴이 어른거렸다.

그런 일이 있은지 얼마 후 아프다는 친구에게서 전화가 걸려왔다. 요즘은 좀 어떠냐는 나의 말에 아무런 대답이 없었다. 친구는 대뜸 p에 대해 어떤 감정이냐고 대놓고 물었다. 나는 친구의 아내인 p를 어떻게 생각하고 말고 할 게 뭐가 있느냐고 목소리를 높여서 되물었다. 일은 이미 저질러졌으니 알리바이를 만들지 않으면 내가 궁지에 몰릴 처지였다. 나는 시간까지 꼼꼼하게 기록해두었던 업무용 수첩을 가방에 넣고 친구와 약속한 포장마차로 갔다. 친구는 호프집에서 500cc 한 잔을 앞에 두고 있었다. 나는 자리에 앉기도 전에 가져갔던 업무용 수첩을 내밀었다. 친구는 그걸 쳐다볼 생각도 하지 않고 코웃음을 쳤다. 출장길에 내가 p에게 써서 보냈던 편지를 친구가 내밀었다. 그게 어떻게 친구의 손에 들어갔는지 도무지 이해가 되지 않았다. 남녀 사이에서 주고받은 편지는 결말 부분에 등장하는 연극의 소품이었으니까. 친구는 p에게서 차용증서를 받지 않았느냐고 물었다. 친구의 눈빛은 분노로 들끓는 것처럼 보였다. 차용증서를 내놓으라고 친구가 손을 내밀었다. 나는 가방에 든 차용증서를 친구에게 내밀지 않을 수 없었다. 친구는 그걸 받자마자 갈기갈기 찢어버렸다. 나는 친구가 하는 짓을 아무런 대책 없이 멀거니 바라볼 수밖에 없었다.

친구 몰래 p를 다시 만났다. 어떻게 했기에 내가 보낸 편지가 친구에게 건너갔느냐고 따졌다. p는 거기에 넣어둔 걸 그거 하게 그거 했다는 말을 하면서 멀뚱한 눈망울로 나를 바라보았다. 차용증서 쓴 건 친구가 미리 알고 있었던 것이냐고 물었다. p는 그걸 회사에 그거 했더니 화를 내면서 그거 하더라고 죄지은 사람처럼 고개를 숙였다. 나는 차마 p에게 화를 낼 수가 없었다. 대신, 차용증서를 친구가 찢어버렸으니 다시 써줘야 한다고 또렷한 목소리로 말했다. 빌린 돈을 친구가 갚을 형편이 못되면 p가 틀림없이 갚겠다고 이야기하는 걸 알아듣는 데 족히 십 분이 걸렸다.

p가 근무하는 병원에 친구가 입원했다는 소식이 들렸다. 검사를 받기 위해서라고 했지만 p의 목소리는 착 가라앉아 있었다. 다시 적어주기로 한 차용증서는 친구의 입원을 핑계로 차일피일 미뤄졌다. 나는 사태가 좀 진정이 되기만을 기다렸다.

"지금부터의 내 목숨은 보너스라 생각할 거야."

병문안을 간 내게 친구가 해준 말이 무얼 뜻하는지 알 수가 없었다. 친구의 말에도 p는 아무런 표정의 변화가 없어서 궁금증은 더해 갔다. 며칠 뒤 친구의 형이 입원을 해서 정밀 검사를 받았다. 형제이긴 하지만 유전자가 달라 골수를 이식해도 치유가 어렵다는 의사의 말을 전해들었다. 그 무렵 친구의 표정에서는 살기가 느껴질 정도였다. 연극을 하고 있는 처지인 친구를 생각해서라도 나는 될 수 있는 한 p를 멀리했다. p와 자주 얘기를 나누다 보면 내 피도 친구의 것처럼 주사기로 빼 갈 것 같은 두려운 생각이 들어서였다. p에게 차용증서를 받기만 하면 발길을 끊어야겠다고 병원을 다시 찾았다. p는 병원에 없었다. p가 근무하는 책상 옆에 병실에 누워 있어야 할 친구가 앉아 있었다. 친구는 의사에게서 처방을 받아 약을 받아가려고 기다리는 중이었다. 나는 큰 죄를 지은 사람처럼 머쓱해 하며 친구의 시선을 피했다.

"너, 내게 죄 지은 거 있지?"

친구의 물음에 나는 "아니!"라고 대답하면서 그를 쳐다보았다. "죄가 없다는 걸 증명하려면 석 달 치 통화기록을 내게 갖다 줘"라고 한 친구의 말에 나는 대답할 수가 없었다. 그걸 어디서 떼는지, 그 일로 어떤 결과가 빚어질지 몰라서였다. 대답을 기다리던 친구는 나를 쳐다보는 게 아니었다. 머나먼 허공에 머무르고 있는 친구의 눈빛 때문에 되물을 수도 없었다.

나는 휴대폰 대리점에 물어서 석 달 치 통화 기록을 받아냈다. 친구는 내 손에서 서류를 낚아채 갔다. 병실 침대 곁에 서서 지켜보았더니 빨간펜으로 p와 나 사이의 통화기록에 밑줄을 그었다. 통화 시간이 찍힌 곳에는 동그라미를 그렸다. 별달리 문제가 없을 만한 곳에도 빨간펜으로 두 줄을 그었다. 나는 갑자기 신경이 곤두섰다. 세 달에 걸쳐 전화를 했다고 해봐야 종기 때문에 나누었던 이야기가 거의 다였다. 아내와 다툰 뒤로 몇 번인가 밤늦은 시간에 p와 전화한 적은 있었다. 아파서 했던 전화와는 비교할 수 없을 정도로 통화시간이 길었던 게 친구를 자극한 모양이었다.

"뭣 때문에 p에게 이토록 자주 전화를 한 거야? 이런데도 발뺌할 수 있어?"

나의 변명에는 아무런 힘이 없어서 더 구차해 보였다. 친구는 빨간 줄이 두 개나 그어진 곳을 손가락으로 가리키며 말했다.

"이날! 두 사람이 뭘 했어?"

두 달이나 지난 일을 기억해내는 건 쉽지가 않았다. 나는 손가락을 짚어가며 지나간 시간을 되돌려보았다. 가방에서 업무 수첩을 꺼낸 건 지난 일이 도무지 떠올려지지 않아서였다. 통화기록의 날짜를 업무용 수첩에서 확인했다. 몸살이 나서 p에게 주사를 놔줄 수 있느냐고 전화를 했던 날이었다. 친구는 업무 수첩을 들여다보던 내게 말했다.

"그래도 발뺌할 거야?"

'그건 아니야!'라며 목구멍 근처까지 짧은 문장이 만들어져 올라온 순간, 나는 그걸 꿀꺽 삼켰다. 그때 어디선가 p가 나타났다. 친구는 p에게 통화기록이 적힌 서류 뭉치를 냅다 던졌다. 종이 묶음이 p의 뺨을 스쳐가면서 살을 베었는지 긴 핏자국이 생겼다.

"그걸 그거 하면 어떻게 해요! 내가 뭘 그거 했다고 그거 하는 거예요!"

p가 악을 쓰는 소리가 병원 복도에 쩌렁쩌렁 울려 퍼졌다.

"그래도 이년이!"

'철썩!' 하는 소리와 함께 친구의 손이 허공을 갈랐다. p의 뺨에 그어진 핏자국을 친구의 억센 손이 짓뭉갰다. 휘청거리던 p는 짚고 있던 의자와 함께 병원 복도에 쓰러졌다. 그때 쳐다본 친구의 눈빛은 사람의 것이라고 생각되지 않았다. 연극의 리얼리티가 최고조에 이른 시점이었다. 사태를 지켜보고 있는 나를 향해 p는 인상을 쓰면서 말했다.

"그러지 말고 그걸 그거 해봐요!"

p의 목소리는 전과 딴판으로 앙칼지게 들렸다. 나는 둘 사이에 서서 어쩔 수 없이 고개를 숙이고 입을 닫아야만 했다. 차용증서를 다시 써달라는 얘기는 도저히 꺼낼 형편이 아니었다. 그런 뒤 p에게서 다시 전화가 오기만 기다렸지만 종내 소식이 없었다. 나는 친구의 병세가 더 나빠진 건 아닐까 하고 염려가 되었다. 늦은 퇴근길에 p의 병원으로 전화해서 당직이라는 말을 들었다. 차용증서 이야기를 p가 먼저 꺼내준다면 좋겠다고 생

각하면서 p가 근무 중인 병원으로 갔다. p는 의자를 비워두고 어디론가 간 뒤였다. 옆자리의 직원에게 p가 간 곳을 물었다.

"아마, 애 아빠에게 갔을걸요."

그녀의 대답은 병원의 하얀 페인트칠과 같았다. 그녀의 차가운 입김마저 하얀 벽을 닮았다. 나는 복도에서 p를 기다렸다. 복도에는 진료 중인 의사의 사진들이 걸려 있었다. 목의 종기를 수술했던 젊은 남자의 사진은 맨 아래쪽에 붙어 있었다. 그걸 본 순간 아무렇지도 않았던 목덜미가 다시 뜨끔거렸다. 나는 p가 태연하게 젊은 남자에게 수술을 맡긴 게 의심스러웠다. 잘못했더라면 경추 신경을 건드릴 수도 있었던 수술을 너무 쉽게 생각한 건 아닐까 해서였다.

삼십 분이 지나니 p가 나타났다. p의 하얗던 얼굴은 노랗게 변해 있었다. 평소에 한 번도 서두르는 걸 본 적이 없었는데 잃어버린 서류를 찾는 건지 책상 서랍을 온통 다 열어젖혀 뒤적거리고 있었다. p의 눈에는 나의 존재마저 보이지 않는 것 같았다.

"아직은 그걸 그거 하면 안 돼. 아직은 그게 아니야. 좀 더 그거 하다가 그거 해야 해."

p는 당황한 표정으로 혼자서 한참 동안이나 중얼거렸다. 나는 p와는 어떤 얘기도 나눌 형편이 못 된다는 생각에 친구의 병실로 발길을 돌렸다. 덩치가 큰 친구는 며칠 못 본 사이에 살이 빠져 반쪽이 되어 있었다. 팔 양쪽에는 링거 튜브가 달려 있

었다. 눈을 감고 있는 친구의 아래 눈꺼풀은 거무죽죽했다. 침대 난간에는 금식이란 붉은 글씨가 선명하게 보였다. 친구가 나에 대해 짐작하고 있는 게 사실이 아니라고, 눈을 뜨기만 한다면 이야기를 해주어야겠다고 생각했다. 친구의 침대 곁을 지나치는 사람들이 쯧쯧 하며 혀 차는 소리가 들렸다. 병실에 들어선 간호사가 친구의 링거 튜브에다 주사기를 찔러 노란 약을 짜 넣었다. 투명한 호스를 따라 흘러들어 가는 노란 약은 좁쌀만 한 공기방울을 만들다가 팔뚝 가까이 다가갈 때까지 기포를 없애지 못했다. 공기방울이 몸속에 들어가면 안 된다고 생각한 나는 소리를 질렀다.

"그게 그거 하면 그거 하잖아요!"

내가 한 말에 간호사가 힐끗 돌아보았다. 내 입에서 나온 말을 곱씹어보고서 사람의 습관이란 게 묘하다는 생각을 했을 때 p가 나타났다.

"그걸 그거 하면 혈관이 막히잖아. 왜 그래, 아마추어같이."

나는 모처럼 p가 명사를 써서 담당 간호사를 나무라는 소리를 들었다. 그건 각본에 있는 말을 잊어버려서 무의식중에 나온 것 같았다. 병실에 와서도 p는 허둥지둥했다. 괜히 침대의 높낮이 조절용 핸들을 좌로 우로 돌렸다가 옷장을 열어 옷을 들춰보기도 했다. 나는 p가 각본의 대사를 기억해내려고 그런 행동을 하는 게 분명하다고 생각했다. 곧이어 p는 나이트 담당 간호사를 불렀다. 청진기를 목에 건 간호사가 종종걸음으로 다가왔다.

"어서 그거 해봐. 지금 많이 그거 하니까 조심해서 그거 하고."

간호사는 손목시계를 보면서 친구의 맥박을 쟀다. 팔목에 고무띠를 찍찍이로 감아 붙인 뒤 펌프질을 했다. 수은주가 은색 그래프를 그리면서 뚝 떨어지다가 멈추더니 다시 바닥까지 떨어졌다. 간호사와 친구를 번갈아 지켜보던 p의 얼굴이 창백해졌다. 스마트폰을 꺼낸 p는 다급한 목소리로 어딘가에 전화를 했다.

"부장님, 우리 애 아빠가 그거 하거든요. 빨리 그거 좀 해주세요. 혈압이 그거 하고요. 맥박도 그거 해요."

p의 목소리는 금방이라도 울음을 터뜨릴 것처럼 떨렸다. 나는 이런 상황에서도 p의 머리에 각본의 대사가 떠오를 수 있다는 게 신기하기만 했다. 전화를 끊고 난 p는 침대 옆의 보조 서랍을 바삐 열었다. 그 속에는 몇 장의 사진이 놓여 있었다. 맨 위의 사진은 검은 바탕에 번쩍거리는 불빛만 보였다. 사진 속 풍경은 어쩐지 낯설지가 않았다. 자세히 들여다보았더니 윤곽만 드러낸 남녀가 불빛을 등지고 어디론가 나란히 걸어 들어가는 모습이었다. 나는 눈을 사진에 더 가까이 갖다 댔다. 알고 봤더니 p와 내가 모텔로 들어가는 걸 누군가가 찍은 거였다. 두 번째는 침대 위에 두 사람이 누워 있는 사진이었다. 세 번째는 나랑 p가 바닷가에서 키스를 하는 장면이었다. 내 몸이 갑자기 후들후들 떨렸다. 서랍 속에는 사진을 넣었음 직한 봉투가 보

였다. 봉투에 인쇄된 건 나와 안면이 있는 친구 회사의 로고였다. 나는 p가 아무런 저항도 없이 모텔로 따라 들어온 까닭을 그때서야 알 것 같았다. 바쁘게 왔다 갔다 하는 p를 보면서도 나는 차용증서를 빨리 받아내야만 한다는 생각밖에 나질 않았다. 친구가 무엇 때문에 내게 사진 이야기를 쏙 빼놓고 편지 얘기만 꺼낸 건지 알 수가 없었다. 내 짐작대로라면 각본이 순서가 바뀐 게 분명하다는 생각이었다.

사복을 입은 키 큰 남자가 병실로 들어왔다. 간호사 두 사람이 그를 뒤따르고 있었다. 그걸 본 p가 "부장님 어서 그거 하세요. 차트를 그거 하시면 그거 하잖아요?"라고 울먹이며 말했다. 사복의 남자는 차갑게 보이는 은색 차트를 빠르게 뒤적거렸다. 친구의 눈꺼풀을 까뒤집어 본 그는 귀 아래에다 손가락을 갖다 대보고 난 뒤 큰소리로 말했다.

"간호사! 심장 전기 충격기 준비해!"

사복을 입은 남자의 말을 들은 p의 안색이 하얗게 변했다.

"그걸 꼭 그거 해야만 해요?"

p의 물음에 사복의 남자는 아무런 대꾸도 없이 친구의 웃옷을 거칠게 벗겼다. 두 사람의 간호사는 병실을 부지런히 들락거리다가 무언가를 수레에 실어 왔다. 모자에 까만 줄 한 개가 있는 간호사는 더 바쁘게 간호사실과 병실을 오갔다. 사복의 남자는 간호사와 분주한 시선을 쉴 새 없이 주고받았다. 가슴에 기계를 갖다 대고서 무언가 처치를 한 순간 친구와 침대가 공

중으로 솟구쳐 올랐다. 그 광경을 지켜보는 주위의 눈길에는 연민과 슬픔이 그득했다.

마음은 아팠지만 p가 이러는 게 차용증서를 적어주지 않으려고 벌이는 연극이 아닐까 싶었다. 나는 복도로 나갔다. 자판기에 오백 원짜리를 넣어 커피를 받았다. 커피잔에 쏟아져 내리는 커피가 사람의 피였으면 좋겠다고 나는 생각했다. 한 잔의 피가 친구의 몸에 들어간다면 굳이 연극을 하지 않더라도 목숨을 잇는 데 도움이 될 것 같았다. 곧이어 사복을 입은 사내의 큰 목소리가 들려왔다. p의 구슬프게 우는 소리가 뒤를 이었다.

"나 혼자 어떻게 그거 하라고! 혼자 그거 하면 어떡해! 아직 그게 그거 하고 애들도 그거 한데 혼자 그거 하면 어쩌라는 거야!"

통곡은 복도를 따라 쩌렁쩌렁 울려 퍼졌다. 사복의 사내가 통곡소리와 함께 병실에서 나왔다. 그의 얼굴도 어쩐지 창백해 보였다.

"에이. 무슨 일이 이렇담."

주머니에 손을 찔러 넣고 저만치 멀어져가는 사내의 뒷모습은 쓸쓸해 보였다. 나는 어지럽게 돌아가는 광경을 지켜보다가 힘없이 병실로 들어섰다. p는 흰 천으로 덮인 침대를 부여잡고 훌쩍거리고 있었다.

"그거 하겠지만 어쩌겠어요. 산 사람이라도 그거 해야 하니 잘 *그거* 하세요."

p를 향해 그렇게 말하고 보니 내가 각본을 훔쳐본 것 같았다. p는 그 말을 듣기나 했는지 훌쩍거리는 걸 멈추지 않았다. 곧이 어 건장한 남자 두 명이 병실로 들어섰다. 무거운 침대를 이리 저리 돌리더니 좁은 문을 빠듯하게 빠져나갔다. 앞뒤에서 침대 를 밀고 끄는 두 사람은 복도를 거쳐 순식간에 사라졌다. 나는 하도 얼떨결에 일어난 일이라 친구가 죽었다는 것마저 확인하 지 못했다.

"언제 그거 하셨어요? 그거나 그거 좀 하지 왜 그거 했어요? 아무튼 와주셔서 그거 해요."

친구들이 장례식장으로 밀어닥쳤다. p는 의례적인 인사로 문 상 온 친구들을 맞이했다. 나는 상주도 아닌 주제에 p의 옆에서 엉거주춤 서 있었다. 찾아온 친구들은 어쩐 일인지 나를 벌레 보듯 했다. 아내와 함께 왔다가 나에게는 가까이 가지 못하도 록 몸으로 막는 친구도 있었다. 평소에 친하게 지냈던 친구 아 내는 멀리 떨어진 곳에서 건성으로 나에게 인사를 했다.

"요즘 그건 안 했어요? 나도 일이 그거 해서 그걸 한 번도 못 했네. 미안해요, 하도 그거 해서."

p는 친구 아내에게도 대명사의 인사로 예의를 갖췄다. 그 옆 에 서 있었던 나는 목례로 인사할 수밖에 없었다. 여자들은 하 나같이 나와 p를 번갈아 쳐다보며 눈치를 살피다가 수군거리 기도 했다. 그러거나 말거나 내가 보기에는 그들 모두가 각본

에 맞게 캐스팅된 배우에 지나지 않았다. 그런데도 각본을 한 번도 본 적이 없는 내가 그들로부터 비난의 눈길이나 손가락질을 받아야 하는 건 아이러니였다.

연극에 동원된 배우는 생각보다 엄청나게 많았다. 나와 p를 눈여겨보는 사람들 모두가 각본을 외운다고 고생께나 한 사람들인 것 같았다. p는 주연 배우이면서도 시치미를 뚝 떼고서 평소와 다름없이 문상객을 맞이하는 연극에 몰두했다. 친구의 입관식이 있을 때나 상식을 올릴 때 서럽게 우는 역할을 태연하게 해서 보는 나를 오히려 눈물겹게 했다. 죽는 연기를 한 친구와 가장 친해서 안면이 있는 친구가 나에게 다가왔다. 그는 뜬금없이 내게 미안하다고 말했다. 동창의 말을 곱씹어본 나는 그가 내게 몸살이 나도록 한 건지, 친구에게 통화기록을 떼보라고 시킨 건지, 몰래 사진을 찍어 병원으로 가져온 건지 도무지 종잡을 수 없었다. 그도 아니라면 내가 여윳돈이 어느 정도 있다는 걸 은행을 통해 조회해보고 나서 돈을 빌려달라고 하란 말을 p에게 해준 건지도 몰랐다. 문상 온 친구가 내게 미안하단 말만 하지 않았어도 그런 상상은 할 필요도 없었던 일이었다. 문상 온 친구를 본 p가 손수건으로 눈가를 훔치며 말했다.

"왜 이제야 그거 했어요? 맨 먼저 그거 할 줄 알았거든요. 내 옆엔 아무도 그거 할 만한 사람이 없다는 걸, 잘 그거 하잖아요. 그거 한다고 꼭 그거 하는 건 아니란 걸 그거 하시면서!"

혼란스러웠던 나는 p의 말을 하나도 알아들을 수 없었다. 그

런데도 문상 온 친구는 p의 말을 전부 다 알아듣는 양 고개를
숙이며 미안해했다. 그가 미안하다고 한 건 나에게 들으라는 게
아니라 어쩌면 p를 향해 했던 말인지도 몰랐다.

문상객들과 섞여 있다 보니 어쩐지 눈치가 보였다. 나는 바깥
공기를 쐴 겸 주차장으로 나왔다. 저만치, 내가 차를 댄 곳에는
장례를 치르고 있는 친구와 비슷한 사람이 지나치는 게 보였다.
나는 달려가서 그를 붙들고 싶었다. 연극을 하는 배우가 이러
고 있어선 안 된다며 뚜껑이 열려 있을 관 속으로 밀어 넣을 작
정이었다. 나는 바삐 친구의 모습이 비친 곳으로 걸어갔다. 그
는 다시 얼굴을 비쭉 내밀고 나서 반대편으로 황급히 사라졌
다. 그런 뒤에도 죽은 친구는 자주 내 주위를 맴도는 느낌이었
다. 나는 장례식이 끝난 뒤 p에게 전화를 걸어 그동안 봤던 걸
털어놓았다.

"아니, 그게 무슨 소리예요! 그 사람은 그거 했잖아요! 헛것이
그거 하면 주사기로 그거 해야 할지도 몰라요."

p에게 차용증서 얘기를 하려 해도 이제는 미망인 자격이어
서 아무런 두려움도 없을 것 같았다. 누구라도 p를 구속할 수
가 없다는 걸 빌미로 나의 일거수일투족을 간섭하려 들지도 몰
랐다. 어쩌면 차용증서를 핑계 삼아 살림을 차리자고 협박할
수도 있는 일이었다. 내가 그 장면의 각본을 볼 수 있는 특권이
있었더라면 차용증서를 적어달라고 떳떳이 얘기했을 것이다.
가만히 생각해보니 p가 낀 사기도박단에 내가 걸려든 것 같았

다. 동태를 살피려고 그랬던지 죽은 친구와 엇비슷한 남자가 잊을 만하면 내 앞에 나타나 얼굴을 잠깐 비췄다가 사라졌다. 나는 차라리 그 남자의 얼굴에 차용증서가 붙어 있었으면 좋겠다고 생각했다.

그 일이 있은 뒤 p는 차용증서를 내게 써줘야 한다는 걸 까마득히 잊은 것 같았다. '틀림없이 그거 할게요. 나를 그거 하세요'라고 얘기한 것조차 남의 얘기인 양 시치미를 뗐다. 그 무렵 매스컴에서 베네치아 연극제 광고를 하고 있었다.

"지금은 가면을 써야 할 때, 인생은 한 편의 연극이다."

광고의 카피를 머릿속에 외우고 난 뒤 p의 얼굴을 쳐다보자 핏기라곤 보이지 않았다. 손으로 만져본다면 뻔히 드러날 p의 정체가 한 겹 가면을 통해 가려져 있었다.

사일로를 고치다

ㅊ의 분향소가 차려진 장례식장 출입문으로 초대받지 않은 손님처럼 안개가 스며들었다. 분향소 제단에는 초 한 자루가 밝힌 불빛을 따라 향합에서 피어오른 연기 한 가닥이 공중으로 올라가고 있었다. 붉은 띠를 머리에 동여맨 열댓 명의 노조원들은 분향소가 마주 보이는 한쪽 구석에 모여서 ㅊ과 더 친했던 사람은 자기라며 티격태격하고 있었다. 출입문은 문상객이 드나들지 않는 시간에도 어떤 힘이 미친 듯 덜컹거렸다.

아직 어두워지지 않은 장례식장 주차장에 주차선이 보이지 않을 정도로 안개가 끼어 있었다. 러닝 차림의 노조원들이 안개를 헤집고 주차장을 바삐 오가는 모습이 끊일 듯 이어지고 있었다. 곧이어 접혀진 천막이며 나무기둥이 주차장 한쪽 구석에 산더미처럼 쌓여갔다. 허리에 공구 벨트를 두른 채 대형 스피커를 마주 쥔 노조원 두 사람이 뒤뚱거리며 안개 사이로 지나갔다. 그들은 주차장 양옆의 전봇대에 올라가 스피커를 설치할 모양이었다. 얼마 뒤 주차장을 오가던 노조원들이 무리를 지어 캔 커피를 마시며 땀을 닦는 게 보였다. 안개 너머로는 막 설치한 천막이 희미하게 보였다. 때맞춰 찌직거리던 스피커의 볼륨을 누군가가 점차 높이고 있었다.

주차장에 한 무리의 문상객이 도착했다. 자세히 살펴보니 관리자들을 이끌고 온 상무 일행이었다. 그들은 왕왕거리는 노랫소리가 싫었는지 재빨리 분향소로 들어섰다. 선임 관리자가 ㅊ의 영정 앞으로 나서서 다른 관리자들에게 턱짓을 했다. 횡대를 이룬 관리자들 속에 섰던 상무는 선임 관리자의 턱짓에 따라 너덧 걸음 앞으로 나섰다. 선임 관리자는 제단 위의 술잔을 내려 퇴주 그릇에 부은 뒤 상무에게 건넨 다음 주전자의 술을 세 번에 나눠서 따랐다. 상무는 술잔을 향합 바로 위에서 시계 방향으로 세 번 돌려 제단에 얹은 뒤 세 걸음 뒤로 물러났다. 상무가 두 손을 모으는 걸 신호로 관리자들의 절이 시작되었다. 여러 사람이 절을 한 탓인지 촛불이 유난히 일렁였다. 촛불이 피어오르는 분향소에 앉았던 노조원들은 상무 일행이 들으라는 투로 욕을 해대며 서로 간의 보이지 않는 경계를 만들고 있었다.

관리자들과 노조원으로 나뉜 문상객들의 보이지 않는 알력 속에서 분향소의 밤은 깊어가고 있었다. 사납던 눈길이나 고함 소리에 이어진 삿대질은 시간이 지날수록 점차 힘을 잃어갔다. 주차장의 스피커에서는 잠잠해진 틈을 메우려는 듯 노래가 흘

러나왔다. 때맞춰 한데 어울린 사람들 목소리도 시끌벅적하게
바뀌고 있었다. 시계를 들여다봤더니 주간 2조가 근무 교대를
막 마친 무렵이었다. 한꺼번에 들이닥친 노조원들 때문에 천막
을 쳐둔 주차장에서도 술판이 펼쳐지고 있었다. 빈속에 마신 술
때문이었는지 얼마 못 가 노조원들의 혀 꼬부라진 소리가 주차
장을 뒤덮었다. 높낮이가 조절되지 않는 노조원들의 목소리는
안개가 휘감은 밤하늘을 뒤흔들고 있었다.

*

내가 일하던 곳은 비닐 시트를 생산하는 회사였다. 회사 정문
에는 여러 가지 원료를 실은 탱크로리가 수시로 들락거렸다. 쓰
임새가 다른 여러 가지 비닐 시트를 만들려면 제품의 특성에 맞
춘 제각각의 생산 설비가 있어야 했다. 탱크로리에 실어 온 원
료를 담아두는 저장 장치가 필요했고, 담아뒀던 원료를 레시피
에 따라 뒤섞는 기계가 마련되어야 했다. 원료를 뒤섞기 쉽도록
온도를 알맞게 맞춰주는 기계도 갖춰져야 했다. 서로 다른 기계
에서 뒤섞인 원료는 재질이나 모양이 다른 컨베이어에 실려 성
형기로 보내졌다. 뒤섞기 쉽도록 데워진 원료가 빠져나오는 구
멍에는 각각 다른 형틀이 끼워져서 두께와 색깔이며 쿠션이 제
각각인 반제품이 흘러나왔다.
사일로는, 비닐 시트를 만들어 내기 위혜 탱크로리로 실어온

원료를 저장해두는 설비였다. 사일로의 아래 부분은 지름 삼 미터쯤의 원뿔이 거꾸로 세워진 모양이었다. 원뿔이 시작되는 곳부터 아래까지는 두꺼운 철판으로 둘러싸여 있었다. 철판이 둘러 처진 부분은 스커트라 부르고 있었다. 원뿔의 끝 부분으로 내려올수록 스커트의 공간이 넓어지면서 사일로 수리에 쉽도록 만들어져 있었다. 스커트 속에는 비를 맞으면 안 되는 밸브라든지 전기 장치들을 들여놓았고 입구에는 사람이 드나드는 철문이 달려 있었다. 보전팀에서는 제각각의 사일로가 서로 다른 원인 때문에 막히는 걸 잡아내려고 수시로 회의를 열었다. 문제점이 드러났다고 판단한 사일로에는 한 번도 본 적이 없는 기계 장치를 새로 들여와 달았다. 외국에서 특허를 받았다는 기계를 큰돈을 들여 수입한 뒤 설치하기도 했다. 그래도 사일로가 막히는 건 여전했고 원인도 조금씩 달라 그때마다 대책회의를 가져야만 했다.

사일로 중에서 높은 것은 25층 아파트 정도쯤 될 것 같았다. 높고 번쩍거리는 사일로일수록 고장은 더 잦았다. 사일로의 꼭대기를 고치려면 철봉으로 만든 사다리를 타고 오르는 게 유일한 방법이었다. 철봉의 굵기는 새끼손가락 정도여서 손아귀에 잡힌 느낌조차 없었다. 철사다리의 폭은 한 사람이 겨우 오를 수 있을 정도였다. 왼팔과 오른 다리를 거의 동시에 위의 철봉으로 옮겨간 다음, 오른팔과 왼 다리를 옮기는 건 오래전부터 정해진 룰이었다. 팔이나 다리가 꼬여 바닥으로 곤두박질친 사람들이 더러 있었다면서. 나는 철사다리에 매달린 순간부터 될 수 있는 한 아래를 내려다보지 않으려고 애썼다. 바닥까지의 까마득한 거리를 직감한 뒤에는 팔에 힘이 빠지고 다리가 떨려서 더 이상 올라갈 용기가 나지 않아서였다. 꼭대기에 간신히 다다른 뒤에는 내려갈 일이 걱정이 되어 수리할 곳이 눈에 잘 보이지도 않았다. 단점은 전혀 고려하지 않은 채 장점만 내세우던 상무는 사일로의 키를 키워 많은 원료를 저장하는 일에만 신경을 곤두세우고 있었다. 25층 높이의 사일로를 수리하려고 다가갈 때 나란 존재가 초라해 보인 건 상무와 나의 생각 차이 때문이기도 했다.

나는 스테인리스로 만든 사일로가 눈부셔 눈을 찡그리고 다녀야 했다. 한 조가 되어 일하던 ㅊ은 그걸 보고서 바티칸 광장의 오벨리스크 같다고 말했다. 그 말을 들은 나는 햇볕에 번쩍이는 사일로를 타고 오르는 ㅊ이 태양신을 모시던 고대 이집트인의 후손일지도 모른다는 엉뚱한 상상을 했다. ㅊ이 사일로에 올라가 있을 때면 피라미드의 꼭대기에 얹혀 있는 피라미디온으로 보이기도 했다. ㅊ과 나의 직급은 크게 다르지 않았지만 일을 할 때 디뎌 선 높이만큼 차이가 느껴지곤 해서 주눅이 들기도 했다. 불경기가 닥친 건 그 무렵이었다. 경기가 나빠진 걸 알고 난 뒤에는 퇴근을 해서도 마음 편히 쉴 수가 없었다. 회사에서 나를 찾는 전화가 언제 걸려올지 몰라서였다. 그건 아버지가 사고를 당하기 전부터 늘 지켜봐 왔던 일이었다. 술이 덜 깬

아버지가 고장 난 기계를 수리하다가 거대한 분쇄기에 몸이 딸려 들어가 숨을 거뒀다는 소식을 잠결에 들었다. 취업 준비를 하던 나는 아버지와 친했던 동료 덕분에 비어 있던 자리를 메우게 된 거였다.

보전팀 임무는 기계 고장이 나면 즉시 달려가 완벽하게 고쳐서 제품을 생산해내는 데 문제없도록 하는 것이었다. 부족한 시간과 완벽함은 이빨이 서로 맞지 않는 단어였지만 생산팀에서는 그마저도 인정하려 들지 않았다. 어쩌다 짧은 시간에 완벽하게 고쳐졌을 때도 수고했다는 말 한마디 들을 수가 없었다. 완벽하게 고치려고 늦어지기라도 하면 삿대질에다 고함까지 날아들었다. 칭찬보다 훨씬 잦게 욕을 들으면서 하루하루를 버텨내는 데 비해 받는 돈은 터무니없이 적었다. 아버지가 일할 때는 이보다 훨씬 더했을 거라는 걸 알고 있었으면서도 월급을 받을 때마다 투덜거렸다. 나보다 훨씬 힘들게 많은 일을 해내는 ㅊ은 앞날을 내다보고 있었던지 시부렁거리는 소리를 듣고서도 말없이 웃기만 했다.

일과를 마친 저녁 무렵, 나는 장갑을 벗으며 사무실로 들어섰다. ㅊ은 책상 위에 수북하게 쌓인 서류를 뒤적거리며 하루 치 작업 내용을 메모하고 있었다. 책상 위를 살폈더니 정리가 끝나 제쳐 둔 서류는 절반도 되지 않았다. 기다리다 지친 나는 ㅊ에게 먼저 샤워실로 간다면서 사무실을 나섰다. 러닝머신 위에서 한 시간쯤 달린 뒤 찬물로 땀을 식혔을 무렵, ㅊ이 샤워실로 들어섰다. 나는 ㅊ에게 평소 느꼈던 생각을 얘기했다.

"ㅊ형에게서 늘 쉰내가 나요. 혼자 일을 도맡아 하니 그렇잖아요."

내 말에 ㅊ은 자신의 옷에 코를 들이대고서 낄낄거리며 말했다.

"신 걸 좋아하지 않는데, 왜 몸에서 식초 냄새가 나지?"

나는 ㅊ이 샤워를 마칠 때까지 기다렸다가 함께 회사 정문을 나섰다. ㅊ과 나는 몸에 남은 열기를 식히기 위해 호프집에 들어섰다. 술자리에서 ㅊ은 처음으로 고향 얘기를 꺼냈다. 이런저런 이야기 끝에 할아버지와 할머니가 자기를 키웠다고 했다. 그 얘길 들은 내 입에서 ㅊ의 엄마에 대한 질문이 나온 순간 표정이 굳어지며 입을 다물고 손을 내저었다. 무너진 가족의 얘기만은 제발 하지 말아달라는 표정으로. ㅊ은 화제를 다른 데로 돌리려는 듯 입을 뗐다.

"학벌이 낮은 사람은 아무리 열심히 일을 해도 비전이 없어!"

ㅊ은 절반 넘게 남았던 술잔을 벌컥거리며 단숨에 비웠다. 그럴 때 ㅊ의 목울대는 끓어오르는 분노를 삼키는 듯했다.

7월이 막바지에 이르자 더위가 정수리를 마구 찔러댔다. 그늘에 가만히 서 있어도 습기 때문에 옷이 몸에 척척 달라붙었다. 수십 군데의 생산라인으로부터 기계를 고쳐달라는 전화가 빗발치고 있었다. 사일로가 고장 나 원료 공급이 끊긴 것 때문이었다. 보전팀장에게 ㅊ을 찾는 전화가 곧바로 걸려오기도 했다. ㅊ은 내가 출근을 하기도 전에 어딘가로 불려간 거라 여기면서, ㅊ가 땀을 뻘뻘 흘리며 일에 몰두해 있는 모습을 떠올려 보았다. 그와 한 조였던 나는 무언가 도울 일이 있을지 모른다는 생각에 사일로마다 찾아다니며 기웃거렸다. 공장을 한 바퀴나 돌아보았지만 어딜 가봐도 ㅊ이 눈에 띄지 않았다. 사무실로 되돌아온 나는 어쩔 수 없이 ㅊ에게 전화를 걸었다. ㅊ의 전화기에서는 고객이 전화를 받을 수 없다는 멘트가 흘러나왔다. 생산팀으로 불려갔던 보전팀장이 장갑 낀 손으로 드라이버를 쥐고 사무실로 들어오며 투덜거렸다.

"ㅊ이 출근하지 않으니 내가 힘들잖아!"

내가 알기론 이제껏 ㅊ이 무단결근을 한 경우는 없었다. 무슨 일이 생긴 것일까, 어제 ㅊ에게 일어났던 일들을 하나하나 떠올려 보았다. 나는 아무래도 ㅊ이 결근한 까닭을 알아내지 못했다. ㅊ의 집으로 가봐야겠다고 말했지만 팀장은 아무런 대답도 하지 않았다. 나는 ㅊ이 세 들어 사는 집 앞에 도착했다. ㅊ이 사는 방에 들어가려면 도로에서 지하로 난 계단을 거쳐야 했다. 계단을 내려 디딜수록 눈앞은 점점 어두워졌다. 방문을 연 내가 어두운 방 안을 들여다보았지만 눈앞이 캄캄했다. 한참 뒤에야 ㅊ이 이불을 덮어 쓰고 누워 있는 모습이 눈에 들어왔다. 나는 신발을 벗고 조심스레 방으로 들어섰다. 반지하 단칸방의 바닥은 싸늘했다. 밥상에는 라면 찌꺼기가 눌어붙은 냄비가 올라 있었다. 밥상 아래에는 빈 소주병이 나뒹굴었다. ㅊ의 머리맡에는 하얀 약봉지가 놓여 있었다. 그걸 본 나는 급히 ㅊ를 흔들어 깨웠다. 몇 번 몸을 흔들자 ㅊ이 못 이긴 듯 눈꺼풀을 벌렸다. ㅊ의 표정은 평소와 달리 일그러져 있었고 입 주위는 허옇게 변해 있었다. ㅊ이 입을 벌리려고 한 순간 아랫입술이 윗입술에 들러붙었다. 안타까웠던 나는 컵에다 주전자의 물을 따라 ㅊ에게 건넸다. 컵을 받아든 ㅊ은 채 한 모금이 되지 않을 정도의 물을 입안에 굴린 뒤 얼굴을 찡그리며 삼켰다. ㅊ은 그런 뒤에도 한참 뜸을 들인 다음 입을 열었다.

"어제 내가 사일로에 올라갔잖아? 그때 중간쯤에서 멈칫하는 거 봤어?"

그 말에 나는 어제 ㅊ이 사일로에 오르다가 짧은 비명을 지르던 순간을 떠올리고서 말했다.

"그때 긴 드라이버가 철사다리에 걸렸던 거 아니었어요?"

나의 말에 ㅊ은 픽 웃고 나서 뜸을 들인 뒤 또박또박 말을 뱉어냈다.

"철사다리의, 중간 부분에, 철봉 하나가, 끊어져 있었어."

나는 ㅊ의 말을 듣는 순간 머리털이 곤두섰다. 아버지가 목숨을 잃었을 순간이 떠올라서였다. 나는 지하 단칸방이 떠나가도록 고함을 지르면서 말했다.

"그런 사실을 왜 팀장에게 알리지 않았죠?"

ㅊ은 내가 고함을 질렀는데도 말없이 쓴웃음만 지었다. ㅊ은 그때의 분노를 떨치지 못한 서늘한 눈빛으로 천천히 입을 열었다.

"팀장이 먼저 고장 신고를 받았어. 그런 뒤 사일로의 고장 난 곳을 살피려고 먼저 올라가 본 거야."

나는 간신히 흥분을 가라앉히고서 고개를 갸웃거리며 ㅊ에게 물었다.

"사다리 끊어진 걸 팀장은 알고 있었단 얘기잖아요? 그런데 왜…?"

ㅊ은 뭔가를 알고 있는 것 같으면서도 더 이상 말하기를 꺼렸다. 나는 ㅊ을 부축해서 가까운 개울가로 갔다. ㅊ의 방에 앉아 있으니 사일로의 스커트 속에 갇힌 것처럼 갑갑해서였다. ㅊ과 나는 풀이 제멋대로 자라난 개울가에 앉았다. ㅊ은 앉자마자 개울가에 핀 갈대를 꺾었다. ㅊ은 갈대 속을 자세히 들여다봤다. 나는 ㅊ이 무슨 말을 하려는지 알 것 같았다. 여리게 보이는 갈대도 광합성 작용을 한다는 것을. 물관을 통해 빨아 올린 영양분을 잎과 줄기로 실어 나르면서도 아무런 갈등을 일으키지 않는다는 것을.

조직이 탄탄하다고 자랑하는 회사에서도 부서끼리라든지 학연 지연 문제로 보이지 않게 갈등은 일어나고 있었다. 그건 회사의 조직이 수직적 구조를 이루고 있는 탓에 생겨난 갈등이라는 걸 진작부터 알고 있었다. 그렇지만 말단 직급인 내가 할 수 있는 일은 아무것도 없었다. 나는 회사 문제만 생각하면 가슴이 터질 것 같았다. 그 생각을 떨쳐버리려고 늘어진 수양버들 가지를 눈으로 더듬었다. 물에 잠긴 수양버들 가지의 끝자락은 눈에 보이진 않아도 자연의 이치에 따른 순환을 받아들이는 것 같았다.

그 무렵, 회사의 일감이 절반 가까이나 줄어들었다. 대리점으로 팔려 나간 제품이 창고에 그득 쌓였다는 영업 담당의 짜증 섞인 목소리가 사무실을 메웠다. 팔려 나갔던 제품도 화물차에 도로 실려 오기 일쑤였다. 세워둔 기계를 점검하기 위해 들렀던 생산팀에서는 영업팀이 맡은 일을 제대로 하지 않아 이런 일이 생겼다고 투덜거렸다. 영업 담당이 생산팀장에게 불려갔다가 보전팀에 들렀다. 그는 생산된 제품에 불량품이 많아 반품이 잦은 게 원인인데도 자기들만 탓한다면서 침을 튀겨가며 고함을 내질렀다. 모처럼 보전팀을 찾아온 생산팀장은 자리에 앉은 팀원들을 둘러보며 목소리를 높였다.
"어떻게 기계를 수리했기에 그렇게 고장이 잦아!"
그는 보전팀장이 들어오는 걸 보고서 슬며시 문을 열고 나가버렸다. 생산팀장의 모습이 멀어진 것을 본 보전팀장이 큰소리로 말했다.
"멀쩡하던 기계를 사흘이 멀다 하고 고장을 낸 게 누군데!"
보전팀장이 자리에 앉기 바쁘게 상무가 사무실에 들어섰다.

상무는 사나운 눈초리로 사무실을 휘둘러본 뒤 아무 말 없이 건너편의 생산팀 사무실을 향해 바삐 걸음을 옮겼다. 얼굴이 벌게진 보전팀장은 거친 동작으로 전화기를 집어 들어 소리 나게 번호를 누른 뒤 큰소리를 질렀다.

"나는 임마, 기계를 제때 고친 죄밖에 없어!"

팀장은 입사 동기인 영업팀장과 통화한 것 같았다. 팀장은 쾅, 소리가 나도록 수화기를 내려놓은 뒤에도 책상을 주먹으로 내리치면서 말했다.

"총무팀은 노조에 끌려다니기만 하지, 인사과에서는 머리가 팽팽 돌아가는 사람을 뽑아주지도 않지. 나더러 어쩌라고!"

팀원들은 불똥이 자신들에게 튈까 봐 슬금슬금 공구를 챙겨 현장으로 나갔다. 나도 풀어두었던 공구 벨트를 허리에 두르고 서둘러 그들의 뒤를 따랐다.

주문이 끊긴 건 세계 경기가 갑자기 곤두박질친 이유에서였다. 차에 실려 온 제품을 앞에 두고 부서마다 남 탓하기에 바빴다. 관리자들은 맞닥뜨리기만 하면 눈에 불꽃이 튈 정도로 쩨려보곤 했다. 엎친 데 덮친 격으로 노조도 파업을 준비하고 있었다. 가까스로 주문을 받은 제품의 납품날짜마저 지키기 어렵게 되었다. 곧이어 진원을 알 수 없는 소문이 나돌았다. 직원 숫자를 줄일 거라는. 일주일이 채 되지 않아 보전팀 인원을 줄이라는 공문이 본사로부터 날아들었다. 팀장은 책상 위에 인사 기록부를 펼쳐놓고 머리를 싸매고 있었다. 감원 소식을 들은 보전팀 직원 모두가 웅성거리고 있었다. 몇몇 사람은 팀장의 눈치를 살펴가며 의자 끄트머리에 엉덩이를 간신히 걸친 채 모니터를 들여다보고 있었다.

노조가 앞장선 농성이 시작된 지 며칠이 지났다. 농성에 뛰어든 팀원들은 기계가 고장이 났다는 말에도 콧방귀를 꼈다. 그바람에 ㅊ과 내가 해야 할 일들이 산더미처럼 쌓여갔다. 일손이 모자라 고장 난 기계를 제때 고쳐줄 수 없었으니 공장 전체가 마비될 지경이었다. 평소에 생산팀에서 자잘한 고장마저 직접 고치지 않았던 것도 생산라인을 세우게 된 원인이었다. 그나마 ㅊ이 책임지고 있는 생산라인만은 잠을 잊은 그의 노력 덕분에 간신히 생산을 계속할 수 있었다. 노조에서 요구한 조건을 회사에서 받아들이지 않는 게 ㅊ 때문이라고 소문을 낸 것같았다. 머리띠를 두른 노조원들은 일부러 ㅊ이 맡은 현장의 비상 스위치를 눌러 잘 돌아가던 기계를 세워버리기도 했다. 수당 인상 문제에 관해서만은 나도 ㅊ에게 불만이 많았다. 똘똘 뭉쳐 한 목소리를 낸다면 틀림없이 수당을 인상해줄 것 같은데도 ㅊ은 입을 꾹 닫고 있었다. ㅊ은 노조에서 벌이는 농성에 관심조차 두지 않았다. ㅊ은 자신에게 맡겨진 일에다 다른 사람 몫까지 떠맡고도 불평 한마디 없었다. 그런 ㅊ의 모습에서 오벨리스크가 품은 큰 뜻을 굳게 믿고 있는 듯한 느낌이 오롯이 전해지기도 했다.

나와 ㅊ은 팀장이 억지로 떠맡긴 기계를 낮 시간에 고쳐야 했다. 일과가 끝날 때쯤이라야 우리는 담당 라인의 수리를 시작했다. 밥 먹을 틈조차 없이 일을 했는데도 ㅊ을 바라보는 팀장의 눈길은 차갑기만 했다. 그건 아마도 최근 본사에서 들려 온 인사 발령 소식 때문인 것 같았다. 예상을 뒤엎고 고졸 직원이 이사 자리에 오른 건 어딜 가나 화젯거리였다. 입사 후 어렵게 대학을 졸업한 건 인정하지 않은 채. 그 일이 있은 뒤부터 팀장의 얼굴에 긴장감이 가시지 않았다. 노조나 보전팀장과는 달리 생산부서 관리자들은 ㅊ에게 후한 점수를 주었다. 그걸 알고 있는 팀장은 ㅊ을 평소보다 더 견제하는 눈치였다. 그런데도 ㅊ은 팀장의 곱지 않은 눈길을 애써 모른 척했다. 인사 발령이 이슈가 된 뒤부터 보전팀장은 드러내놓고 ㅊ의 행적을 눈여겨 살피고 있었다. 그것도 모자라 수시로 ㅊ이 일하는 현장을 둘러보고 돌아갔다. ㅊ과 내가 일하는 모습을 인턴사원이 살피고 간 적도 있었다.

아침에 출근한 ㅊ이 팀장의 책상 위에 흰 봉투를 내려놓았다. 고개를 들어 ㅊ을 쳐다본 팀장이 건조한 목소리로 물었다.

"이 속에 든 게 뭐지?"

비웃는 듯한 표정으로 팀장을 내려다본 ㅊ이 낮고 굵은 목소리로 대답했다.

"팀장님이 원하는 게 이것 아니던가요?"

그 말에 팀장은 얼굴이 붉어졌다. 내가 본 팀장의 눈에는

ㅊ을 향한 알지 못할 분노로 이글거렸다. 시선을 ㅊ에게로 향한 팀장의 손이 책상 위의 하얀 봉투를 더듬었다. 핏줄이 선 손아귀로 구겨 쥔 봉투를 ㅊ을 향해 던졌다. 봉투는 ㅊ을 향해 날아가다가 바닥에 곤두박질쳤다. ㅊ은 발아래 떨어지는 봉투를 보고서도 뒤돌아서 사무실을 빠져나갔다. 나는 급히 ㅊ을 뒤따라가서 물었다.

"팀장이 ㅊ형에게 무슨 말을 했기에 봉투를 준비했던 거죠?"

ㅊ은 나의 물음에 한참 동안 뜸을 들인 뒤 말을 이었다.

"동기니까, 나를 해고하지는 않겠대."

그 말을 한 ㅊ이 한숨을 내쉬었다. 나는 속으로 깜짝 놀랐다. ㅊ이 해고된다면 나도 사직서를 쓸 각오를 했던 일을 떠올렸다. 사고로 아버지를 잃은 나는 위험한 일을 앞장서서 할 자신이 없어서였다. 이런 와중에도 ㅊ은 공구 벨트를 허리에 두르고 현장으로 갔다.

월급날이었다. 퇴근 무렵 보전팀 직원들이 하나둘 사무실로 모여들었다. 직원들은 샤워를 마친 뒤 회사 앞 포장마차에서 모이기로 입을 맞췄다. ㅊ과 나는 별 생각 없이 그들 뒤를 따랐다. 곧이어 포장마차의 알루미늄으로 된 원탁 아래에는 빈 술병이 하나둘 쌓여갔다. 직원들은 돌아가며 팀장에 대한 불만을 늘어놓았다. ㅊ은 그들이 욕을 하든 말든 술만 홀짝거렸다. 그런 ㅊ을 두고 팀장에게 반말로 대드는 걸 봤던 직원이 귓속말을 했다. ㅊ이 팀장과 친한 친구라도 되는 건 아니냐고.

다음 날 ㅊ은 손을 흔들며 보전팀 사무실에 들어섰다. 마치 아무런 일도 없었다는 듯 얼굴에 엷은 미소까지 띠고 있었다. ㅊ은 기술자에겐 공구가 생명이라며 책상 위에 놓인 벨트를 허리에 둘렀다. 벨트에는 처음 보는 드라이버가 꽂혀 있었다. 가늘고 길어서 쉽게 눈에 띄는 드라이버였다. 내 시선을 의식한 ㅊ이 말했다.

"깊은 구멍 속에 난 고장을 수리하려면 이게 있어야 해."

ㅊ은 웃고 있는 것처럼 보였지만 굳게 입을 다물고 있었다. 나는 ㅊ이 한 말을 듣고 고개를 갸웃거렸다. 지금까지 내가 사일로를 고쳐보았지만 가늘고 긴 드라이버가 필요한 적은 없어서였다. 출근한 직원들이 모두 자리에 앉았다. 아침부터 고장난 기계를 수리해달라는 의뢰서가 테이블에 수북하게 쌓였다. 그중에서 사일로 수리가 절반을 차지했다. 사일로의 스커트 속을 떠올려본 나는 어둡고 깊은 곳에 어떤 문제를 풀 수 있는 나사못이 박혀 있을지도 모른다고 생각했다.

고장 신고를 받고 사일로에 도착한 ㅊ과 나는 스커트의 철문을 열었다. 문을 열고 들어선 공간에는 원료가 생산라인으로 흘러가느라 쒸쒸거렸고 밸브가 여닫히는 소리도 잇달아 들렸다. ㅊ은 스커트 속의 소리 따위엔 신경조차 쓰지 않는 눈치였다. 나는 사방이 꽉 막힌 곳에서 울려나는 소리 때문에 주눅이 들어 스커트의 오목한 벽면에 몸을 기댔다. ㅊ은 공구 벨트에서 가늘고 긴 드라이버를 꺼내 어둡고 깊은 곳에 끼우고서 몇 번인가 돌렸다. 시끄럽던 스커트 속의 소리는 어느 순간 부드러워졌다. 그런 뒤 ㅊ은 밸브를 움직이도록 하는 전기 장치 근처를 자세히 들여다봤다. ㅊ이 윗주머니에서 테스터기를 꺼낸 다음 전기 테이프를 벗겨낸 전선에 테스터기의 단자 두 개를 갖다 댔다. 전선과 맞닿은 테스터기의 전극봉에서 약하게 불빛이 반짝거리는 걸 본 내가 말했다.

"절연장갑을 끼면 될 텐데, 맨손으로 왜 그래요?"

ㅊ은 장갑을 끼면 일이 더디지 않느냐면서 웃으며 나를 돌아보았다. ㅊ의 목소리는 갇힌 공간에서 울렸기 때문인지 왠지 불길한 느낌이 들었다. 곧이어 그의 목소리는 쐑쐑거리는 사일로의 소리에 묻혀버렸다. 나는 ㅊ더러 어서 수리를 끝낸 뒤 함께 사일로에서 나가자고 큰소리로 말했다. ㅊ은 하울링이 되어 울려나는 목소리로 이렇게 닫힌 공간이 좋다며 얘기했다. 아무도 간섭하는 사람이 없고 혼자 생각에 잠기기에도 이만한 곳이 없다고. 그렇게 얘기하는 ㅊ의 얼굴에 전기 장치가 비춘 불빛이 붉게 번졌다. 쐑쐑거리는 소음이 불빛을 뒤따라 달려드는 걸 본 나는 소스라쳤다. ㅊ은 아무렇지도 않다는 듯 장갑을 벗으며 굳게 닫혔던 철문을 덜컹, 열었다.

내가 다른 때보다 일찍 출근한 날이었다. 보전팀 직원들이 하나둘 사무실로 모여들면서 서로 인사를 주고받았다. ㅊ도 뒤이어 얼굴을 내밀었다. 나와 눈이 마주친 ㅊ은 평소와는 달리 표정이 굳어 있었다. 나는 수리 의뢰가 들어온 서류를 뒤지던

ㅊ에게 자판기에서 빼 온 커피 한 잔을 내밀었다. ㅊ이 커피를 마시려는 순간 생산과장이 사무실 문을 쾅, 소리 나게 열고 들어섰다. 그가 맡고 있는 생산라인에 원료를 공급하는 사일로가 막혀서 작업이 멈춰버렸다고 큰소리로 말했다. 납품 기일을 맞추려면 일 초가 급한데 사일로까지 말썽이라며 고함까지 질렀다. ㅊ은 고개를 갸웃거리며 공구 벨트를 허리에 둘렀다. 고장났다는 곳은 며칠 전에 ㅊ과 내가 함께 들어가 고친 사일로였다. 그 순간 머릿속에 사일로 스커트 속에 있을 때 테스터기의 전극봉에서 약한 스파크가 일어나던 장면이 떠올랐다. ㅊ은 혼자 가더라도 사일로를 고치는 데 문제가 없다면서 뒤따라 나서는 나를 주저앉혔다. ㅊ에게 건넸던 커피는 수증기를 허공으로 뿜어 올리다가 책상 위에서 식어가고 있었다.

　그날따라 걸려오는 전화는 죄다 고장 난 사일로를 고쳐달라는 거였다. 나는 수화기를 놓기 바쁘게 다시 들어야 했다. 전화벨이 울려 다시 수화기를 든 순간이었다. 구급차의 날카로운 소리가 귓전을 훑었다. 나는 거대한 사일로의 스커트 속에서 일하고 있을 ㅊ을 떠올렸다. 쐭쐭 하는 소리가 가까운 곳에서 환청처럼 들려왔다. 나는 들고 있던 수화기를 급히 내려놓았다. 창을 열고 구급차 소리가 난 곳을 바라보았다. 경광등을 번쩍거리던 구급차가 ㅊ이 일하고 있을 사일로 앞에 막 멈춰 있었다. 하얀 가운을 입은 남자 두 명이 구급차에서 뛰어내렸다. 이윽고 뒷문이 열리고 남자 두 명이 이동식 침대를 당겨내서 사일로 가까이 밀고 갔다. 그걸 본 나는 본능적으로 사일로를 향해 내달렸다. 누군가가 무슨 일이냐고 물었지만 내 눈에는 사일로의 스커트 속에서 쓰러져 있을 ㅊ의 모습만 어른거렸다. 내가 사일로에 도착하기도 전에 남자 두 명이 이동식 침대를 구급차에 싣고 있었다. 이동식 침대에는 하얀 천으로 덮인 사람의 형체가 뚜렷하게 드러났다. 곧이어 사이렌을 울리는 구급차가 눈앞에서 멀어져가면서 흐릿한 안개를 피워냈다. 뿌연 눈길로 사일로의 스커트 속을 휘둘러본 나는 그 자리에 주저앉고 말았다.

ㅊ의 가족들에게 이 사실을 알려야 했다. 그렇지만 나는 어디에다 연락해야 할지 알지 못했다. 어쩌면 인사과에 오래 일했던 ㄱ이 ㅊ의 가족들을 알고 있을지 모른다고 생각했다. ㄱ에게 급히 전화를 걸었다. ㅊ의 사고 소식을 들은 ㄱ은 깜짝 놀랐다. 함께 병원에 가보자고 하는 ㄱ의 목소리는 떨리고 있었다. 나는 주차장으로 뛰어갔다. 차를 몰고 정문을 나서는 내 눈앞을 어디선가 몰려온 안개가 가리는 것 같았다. 누군가가 두 손을 아래위로 흔드는 바람에 차를 세운 순간 ㄱ이 문을 열고 올라탔다. 슬리퍼 차림으로 차에 오른 ㄱ에게 나는 혼잣말처럼 중얼거렸다.

"ㅊ형이 지쳐 있다는 걸 잘 알면서도 팀장은, 까마득한 사일로에 올라가게 한 것 같아요."

내가 중얼거리는 걸 듣고 난 ㄱ은 나의 말을 되받았다.

"넌 중간에 특채로 입사해서 잘 모를 거야. 팀장과 ㅊ은 같은 해에 입사한 동기야. 신입사원일 때는 두 사람이 한 조가 되어 사일로를 고치기도 했어. 팀장은 학벌이 좋으니 금방 승진을 한 거지. 생산 현장 곳곳에서는 ㅊ을 승진시켜야 한다고 건의했어. 노조에서는 ㅊ을 승진시키면 안 된다고 회사 측에다 압력을 넣었을 거야."

인사과에 오래 근무했던 그의 얘기를 듣고 난 나는 팀장의 행적을 되짚어 보았다. 팀장이 기다란 드라이버를 들고 사일로에서 나오는 걸 본 적이 있었다. 사일로에서 나오는 걸 들킨 팀장은 당황한 표정이었다. 그걸 본 ㅊ은 팀장을 나무라는 투로 말했다.

"사일로를 잘못 건드려 놓으면 내가 큰 사고를 당할 수도 있어요."

나는 팀장이 왜 그런 행동을 했는지 영문을 몰랐고 ㅊ이 팀장에게 한 말이 무슨 뜻인지 이해가 되지 않았던 거였다.

*

ㅊ의 장례식은 언제 끝날지 몰랐다. ㅊ의 시신을 볼모로 잡은 노조에서는 회사에 요구한 조건을 한 가지도 양보하려 하지 않았다. 뒤늦게 나타난 ㅊ의 부모 또한 쉽게 회사와 합의해줄 생각이 없는 듯했다. ㅊ의 사고에 대한 뒤처리를 위해 본사에서 내려온 전무가 장례식장 주위를 서성거렸다. 전무는 보전팀장

을 전화로 불러들였다. 보전팀장은 작업복 차림으로 장례식장에 나타났다. 전무가 보전팀장을 큰소리로 꾸짖었다.

"어떻게 관리했기에 이런 사고까지 나는 거야!"

보전팀장은 전무 앞에서 말없이 고개만 숙이고 있었다. 나는 팀장이 들으라는 투로 '이번 사고는 일어날 수밖에 없었어!'라고 하며 흥분된 목소리로 떠들었다.

노사 협상이 시작되는 날 아침, 열 시가 지났을 무렵이었다. 장례식장 입구가 더욱 소란스러웠다. 노조원 한 무리가 꽃상여를 메고 장례식장에 들이닥친 탓이었다. 머리에 붉은 띠를 두른 건장한 노조원 여섯 명이 영안실로 몰려갔다. 곧이어 건장한 노조원들 손에 ㅊ의 시신이 든 관이 들려 와서 꽃상여에 얹혔다. 장례식장에서 출발한 꽃상여 행렬은 얼마 뒤 회사 정문으로 들어섰다. 행렬의 맨 앞에 선 사람의 가슴에는 ㅊ의 영정이 들려 있었다. 삼베 완장을 찬 노조원들이 영정과 꽃상여의 뒤를 따랐다. 꽃상여의 장강을 잡고 선 노조원이 매기는 소리를 구슬프면서도 우렁차게 냈다. 둘러섰던 노조원들의 표정이 굳어지며 받는 소리를 합창했다. 어디선가 간간이 들려오던 곡소리는 매기는 소리와 받는 소리에 묻혀버렸다. 열두 명이었던 꽃상여의 상두꾼은 금세 스무 명으로 불어났다. 노조 소속의 승합차는 행렬의 맨 뒤에서 행렬을 몰아가고 있었다. 장강을 쥔 노조원의 상여소리는 승합차 스피커를 통해 증폭된 채 흘러나오고 있었다. 스피커의 매기는 소리에 따라 노조원들이 받는 소리를 우렁차게 합창했다.

승합차 스피커의 매기는 소리가 받는 소리와 어우러지자 현장 사람들이 우루루 몰려들었다. 뒤이어 뛰쳐나온 현장 사람들도 받는 소리를 합창했다. 매기는 소리는 스피커를 거쳐 나오는 동안 회사의 구석구석을 쩌렁쩌렁 울렸다. 상여를 뒤따르던 사람들이 내지른 받는 소리도 매기는 소리에 질세라 더욱 높아졌다. 만장을 든 노조원들이 현장 사람들을 행렬 속으로 끌어들였다. 꽃상여 행렬은 점점 길어졌다. 꽃상여가 25층 높이의 사일로를 지나치는 순간이었다. 하얀 가루가 사일로 꼭대기로부터 안개 낀 하늘로 뿜어졌다. 치솟은 가루는 눈발처럼 흩날리다가 꽃상여 행렬 속으로 내려앉았다. 사일로 아래에는 탱크로리가 작업을 하고 있었다. 탱크로리는 사일로에 원료를 저장하는 중이었다. 그걸 본 회사 관리자들은 사일로 꼭대기의 필터 부분이 고장 나서 그렇다고 했다. 노조원들은 ㅊ의 영혼이 하늘로 오르느라 그러는 게 아니냐며 핏대를 세웠다. 꽃상여를 따르는 행렬은 눈이 쌓인 듯한 아스팔트길에 검은 흔적을 길게 남기고서 받는 소리를 목청껏 외치며 느린 행진을 이어갔다.

본사에서 사장이 곧 내려온다는 소문이 꽃상여 행렬 속에 나돌기 시작했다. 지지부진한 노사협상을 마무리하기 위해서인 것 같았다. 떠밀리고 뻗대느라 출렁거리던 꽃상여 행렬이 회사를 두 바퀴째 돌 무렵, 승용차 한 대가 회사 정문으로 들어섰다. 승용차가 느리게 꽃상여 곁으로 와서 멈춰 선 순간, 관리자들이 쏜살같이 달려왔다. 승용차 문을 열고 내린 정장 차림의 남자는 검은 양복에다 검정 넥타이를 매고 있었다. 관리자들이 죄다 고개를 숙이는 걸 본 남자는 손을 잠깐 들었다 내리면서 말했다.

"위에서 누르는 힘이 아래쪽으로만 미치는 수직적 구조의 단점을 미처 몰랐던 거야."

남자는 주머니에서 하얀 장갑을 꺼내 긴 뒤, 꽃상여의 장강 쪽으로 가서 두 번 큰절을 했다. 검은 양복 무릎께 묻은 흙을 본 관리자들도 서로 눈치를 살핀 다음, 남자가 하는 대로 따라 했다. 밀어대는 힘에 뻗대기도 하며 나아가던 상두꾼들에게 누군가의 염력이 미쳤는지 꽃상여는 곧바로 움직임을 멈췄다. 승합차 스피커의 매기는 소리가 잦아들며 때맞춰 기계소리도 멎은 듯 고요하기만 했다. 사일로의 쓱쓱거리는 소리만 적막이 감도는 공장을 유령처럼 떠돌았다. 그때, 어딘가에서 펑 하는 소리가 들려왔다. 꽃상여 행렬을 이루고 있는 사람들 모두가 하늘을 올려다보았다. 사일로 꼭대기로부터 하얀 천 조각 하나가 안개를 걷으며 하늘 높이 솟구쳐오르고 있었다.

아디오스 아툰

참치의 아가미를 잘라내던 마이클이 비명을 질렀다. 조금 전의 눈다랑어가 마이클의 몸 어딘가에 상처를 입힌 것 같았다. 그 정도의 사고쯤이야 뱃사람들에겐 흔한 일이었다. 갑판으로 끌어올려진 눈다랑어며 날개다랑어의 숨통을 끊어놓는 일이 급했던 나는 고개를 돌릴 틈조차 없었다. 낚싯바늘에 달린 미끼를 삼킨 죄로 주낙을 따라 물 위로 모습을 드러낸 참치가 물보라를 일으키고 있었다. 무풍지대에서 짠물을 허공에 튕기던 참치는 선원들의 작살을 맞고 갑판으로 끌려 올라왔다. 끝이 뾰족한 망치를 들고 서 있던 나는 갑판에서 펄떡거리는 참치의 정수리를 눈을 부릅뜬 채 겨누고서 힘껏 내리쳤다. 피를 흘리던 참치는 마지막 숨을 거두느라 지느러미를 파닥거리다가 나중에는 아가미만 달싹거렸다. 그러면서도 눈알은 움직임을 멈춘 상태로 나를 원망스레 쳐다보는 것 같았다. 어느 순간부터 나는 참치가 죽어가는 과정 하나하나를 즐기고 있었다. 뭔지 모를 희열감 때문에 몸이 붕 뜨는 느낌이 든 나는 스스로에게 상을 내리는 것처럼 중얼거렸다.

"가만 봉께, 나가 백정 기질을 타고난 게 분명혀!"

내게 맡겨진 일이 잠시 뜸해진 순간, 마이클이 내질렀던 비명이 갑자기 떠올랐다. 삼십 분만 더 버텼더라면 주낙의 끝인 야간식별 전구부표가 보였을 텐데 조업 전 갑판에 꿇어앉아 드린 마이클의 기도는 아직도 알라신에게 닿지 못한 것 같았다. 그런 뒤에도 연이어 네 마리의 참치가 갑판으로 끌려 올라왔다. 참치의 정수리를 망치로 때리는 동안 갑판은 다시 피범벅이 되었다. 피를 보면 나는 알지 못할 힘이 어디서인지 모르게 솟아났다. 갑판에 흥건하게 괸 피를 본 나의 시선이 번득거리는 걸 본 갑판장은 재빨리 호스를 끌고 와서 흔적을 없앴다. 그럴 때마다 맥이 빠진 나는 고함을 질렀다.

"어이, 뭣땀시 여그서 알짱거린당가! 니 헐 일이나 잘허더라고!"

빈 낚싯바늘을 매단 주낙이 전동 롤러의 힘에 끌려온 순간 저만치 야간식별 전구부표가 보였다. 그때서야 나는 마이클이 어디를, 얼마만큼이나 다쳤는지 궁금해졌다. 아마도 식사준비를 하던 조리장이 사고가 난 걸 알고 선실로 마이클을 부축해서 데려갔을 거였다. 마이클은 고통을 참아가면서도 컴컴한 선실 구석에서 메카를 향해 꿇어 앉아 기도를 했을 게 뻔했다. 미국 남자의 아이를 낳아 기르던 열여덟 살 아내가 이번에는 마이클의 아기를 뱄다고 알려왔으니 어느 때보다 기도는 간절했을 터였다. 조업 전의 기도가 끝난 뒤 내가 망치를 쥐어줬을 때 그건 알라신의 뜻이 아니라고 한사코 거절하던 마이클의 표정은 좀체 지워지지 않았다. 두 시간 넘게 흔들리는 배 위에서 참치의 숨통을 끊던 나는 팔에 힘이 점점 빠져 달아나기 시작했다. 그럴 때마다 미국에서 보란 듯 떵떵거리며 살고 있다는 여자를 떠올렸다. 터질 듯 꿈틀거리는 손등의 시퍼런 핏줄을 신호 삼아 다시 미친 듯 망치를 휘둘렀다. 참치는 나를 버렸던 여자 대신 피를 철철 흘리며 죽어갔다. 참치를 죽인 피로 갑판이 질척거렸으니 꿈속에서 또다시 여자를 만나게 될 터였다. 나는 지난번 꿈처럼 겁에 질린 표정을 지을 여자에게 시퍼렇게 날이 선 칼을 들고 달려들어 옷을 죄다 찢어놓겠다고 별렀다. 마이클은 아쉽게도 작업을 마무리 짓지 못하고 다쳤으니 모처럼 다가온 기회를 놓쳤을 게 뻔했다.

주낙이 거의 다 감긴 걸 본 내가 망치를 갑판에다 던졌을 때였다. 상어 한 마리가 물 위로 모습을 드러낸 채 푸드득거리는 게 보였다. 나는 네 마리 참치의 내장을 잘라낸 뒤 피의 흔적을 지우고 있는 갑판장을 향해 고함을 질렀다. 고함 소리를 들은 갑판장은 손질하던 참치를 내버려둔 채 작살을 들고 선수 갑판으로 달려왔다. 갑판장은 뱃전에 몸을 기대고서 상어를 향해 능숙한 솜씨로 작살을 내리꽂았다. 상어는 몸뚱이에 작살이 꽂혔으면서도 퍼덕거림을 멈추지 않았다. 곧이어 갑판장과 나는 끌려 올라온 상어의 몸뚱이에 꽂힌 작살을 지지대 삼아 버둥거리지 못하도록 붙들었다. 나는 톰을 고함쳐 불러들인 뒤 상어의 지느러미를 자르라고 명령했다. 톰은 칼이 쥐어진 오른팔을 높이 들어 올린 뒤 눈을 질끈 감고 지느러미를 힘껏 내리쳤다. 한 번의 칼질에 신들린 톰은 남은 지느러미를 처음보다 수월하게 잘라냈다. 통점이 없다고 알려진 상어이긴 했지만 지느러미를 잘라낼 때마다 단말마의 고통이 느껴지는 듯 더욱 거칠게 퍼덕거렸다.

지느러미를 잘린 상어가 바다에 버려졌다. 잘린 지느러미가 갑판 위에서 파닥거리는 걸 본 톰은 그때서야 정신이 돌아온 것 같았다. 자신이 한 일이라곤 여겨지지 않는지 얼굴을 찡그리며 손에 쥔 칼과 상어 지느러미를 번갈아 쳐다봤다. 고등어 상자에 모아두었던 샥스핀은 1항차가 끝나고 라스팔마스로 돌아가면 중국 선원들에게 비싼 값에 팔려 갈 터였다. 항해사가 톰에게 칼을 쥐어주며 등을 떠민 것도 수월찮은 부수입이 생긴다는 계산 때문이었을 거였다. 톰은 바다에 버려진 상어를 내려다본 뒤 고개를 갸웃거리며 물었다.

"지느러미가 없으면, 표류하다 죽는 거 아니에요?"

"미친 시키! 고것도 모른다냐? 지느러미 잘린 넘은, 파리 목숨이란 말시!"

나의 차가운 말투에 톰은 침통한 표정으로 참치의 피를 씻어내던 자리로 되돌아갔다. 도르래를 타고 끌려 올라오던 주낙이 축 늘어졌다가 다시 팽팽해졌다. 주낙의 마지막인 야간식별 전구부표에 앞서 날개다랑어 한 마리가 딸려 올라온 거였다. 갑판장이 바쁘다는 걸 안 나는 혼자의 힘으로 간신히 날개다랑어를 끌어 올렸다. 망치로 참치의 숨통을 끊고 나자, 놈의 살이 통통해진 게 힘 약한 물고기를 수없이 잡아먹었던 결과일 거라고 나는 생각했다. 내가 여자를 떠올리며 숨통을 끊은 날개다랑어는 가공이 되어 그녀의 입에 들어가게 될지도 몰랐다. 나는 여자가 자신의 살점과도 같은 참치캔을 따서 먹는 걸 상상한 뒤, 속이 후련해져서 끝이 뾰족한 망치를 다시 들여다봤다. 여자의 매끄러운 몸매를 빼 닮은 참치를 죽일 때, 그 짜릿했던 감각을 통해 묘한 흥분이 다시 전해졌다. 곧이어 나는 고개를 좌우로 흔들어 생생한 현실 세계를 바라봤다. 등 뒤에서는 갑판장이며 항해사가 내가 숨통을 끊어놓은 참치의 지느러미와 아가미를 잘라내고 있었다. 조타실 가까이 선 톰은 어느새 가슴까지 덮이는 장화를 신은 채 참치의 몸통에 물을 뿌려 피의 흔적을 지우고 있었다. 참치를 영하 30도의 급냉실로 보내려는 선원들은 땀을 줄줄 흘렸다. 급속냉동이 되고 난 참치는 사흘 뒤면 영하 20도의 어창으로 옮겨질 터였다. 선원들이 작업하는 모습을 지켜보던 선장이 담배가 꽂힌 마도로스파이프를 손바닥으로 받쳐서 피워 문 채 말했다.

"우리 어머니께서, 내게 살생을 하지 말라고 해서 말이야!"

선장의 말을 들은 뒤 괜스레 짜증이 난 나도 한숨을 내쉬며 손을 닦고 주머니에서 담배를 꺼냈다. 담뱃갑을 선창에다 두드리자 한 개비가 먼저 머리를 내밀었다. 담배를 빼 문 나는 선장의 마도로스파이프에 꽂힌 꽁초를 낚아채서 불을 붙인 뒤 바다에 홱 던지며 말했다.

"니미, 독헌 꽁초를 뭣 땀시 고로코롬 빨고 있다요."

"임마! 아직 레떼루도 안 탔잖아!"

나에게 다가온 선장은 밑창이 단단한 신발로 정강이를 걷어차려고 발을 쳐들었다. 나는 예상했던 일이라는 듯 몸을 살짝 비키면서 앙칼지게 대꾸했다.

"누군, 살생을 하고 싶어 한다요? 목구녕이 포도청잉께 우짤 수 업시 하는 건 중 몰라서 하는 소리당가?"

또박또박 말대꾸를 하는 내가 미웠던지 발끈한 선장은 다시 주먹을 날렸다. 그마저도 동작이 느려 터진 탓에 무풍지대에 한 줄기 바람만 일었다. 선장과 나는 사실, 이십 년 넘게 한 배를 타는 동안 서로 마음에 품고 있는 게 뭔지도 훤히 아는 사이가 된 터였다. 주먹을 휘두르거나 걸쭉한 욕을 날리는 건 둘 사이가 끈끈하다는 표시라고 봐도 아무런 문제가 없었다. 나는 선장에게 들으라는 듯 말했다.

"나가 망치를 쥔 거시, 힘 자랑 헐라고 그란 게 아니랑께요!"

선장은 나의 가슴에 오래된 응어리가 있다는 걸 안 뒤로 끝이 뾰족한 망치를 쥐어줬던 거였다. 내가 한 말의 뜻을 충분히 알고 있다는 듯 선장이 입을 뗐다.

"그걸 워쩌케 나가 모른다냐?"

내가 이십 년 넘게 들어온 선장의 사투리는 애매하기 짝이 없었다. 어릴 때의 선장은 익산에서도 알부자라는 소리를 듣고 자랐다고 했다. 집에서는 한 달이 멀다 하고 소를 잡아서 잔치를 벌이고는 했다며 자랑스레 얘기했다. 어쩌다가 노름판에 끼게 된 선장의 아버지가 빚을 진 뒤 뒷감당을 하지 못해 자살을 했다는 건 다섯 병의 술이 바닥을 보일 무렵 들은 얘기였다. 선장의 아버지 장례를 치르고 난 엄마는 아들 손을 잡고 야반도주를 한 뒤 대전의 나이트클럽 앞에서 국수장사로 생계를 이었다고 말했다. 선장은 국수장사를 하는 엄마 때문에 고아나 다름없이 자라난 거였다. 그런 엄마마저도 고등학생 무렵 교통사고로 잃고 말았다는 얘기를 고개를 푹 꺾으며 했었다. 피붙이가 사라진 처지였던 선장은 지독한 외로움과 싸워 이겨내려고 선원의 길을 택한 거였다. 친동생처럼 정을 주곤 하던 나에게 화를 내는 것처럼 보였던 선장이지만 입가를 쭉 찢는 걸로 봐서 참치를 잡은 양이 썩 맘에 들었던 것 같았다. 참치를 잡느라고 진이 빠진 선원들을 태운 300톤 연승어선은 무풍지대를 벗어나고 있었다. 남미의 브라질 북부, 수리남과 아프리카의 가봉을 잇는 적도를 기준으로 북위 5도 아래위의 해상은 태풍이 시작되는 지점이었다. 그곳에는 뱃사람들에게 천적과도 같았던 바람이 불지 않았다. 범선을 타고 무풍지대를 지나쳐야 했던 승객이며 선원들이 표류하다가 죽어간 얘기는 뱃사람들 사이에서 전설처럼 떠돌고 있었다. 옅은 해무 속에는 두려움의 정체조차 알 수 없는 무언가가 감춰져 있을 거라는 생각이 퍼뜩 들었다. 그런 곳에서 바다를 하얗게 물들이는 참치떼를 만날 순간이면 두려움이 순식간에 잊히고 움츠렸던 가슴도 저절로 활짝 펴지곤 해서 더 신이 났던 거였다. 무풍지대를 벗어나던 배의 망루에서 망원경을 들여다보던 항해사가 고함을 지른 건 그때였다.

"백파다!"

나는 항해사의 고함 소리를 듣고 참치 어군의 크기를 어림짐작했다. 참치떼가 멸치 어군을 따라 수면으로 올라와서 먹이를 잡아먹느라고 하얀 물보라를 일으키는 장면은 고흐의 그림보다 더 살아 있었다. 백파가 보인다는 소리를 들은 뒤부터 선원들은 바삐 움직이기 시작했다. 느슨한 허리띠를 졸라매고 물을 마시거나 선미에서 바다를 향해 오줌을 갈겨서 속을 비우는 사람도 있었다. 갑판장이나 항해사는 신참들에게 쌍욕을 섞어가며 어로작업 전 안전수칙을 거듭 가르쳤다. 어군탐지기며 레이더를 들여다보던 선장은 자신감에 가득 차서 오른손 엄지와 인지를 맞붙여 둥근 모양을 만들면서 마이크에 대고 외쳤다.

"오케바리!"

선장의 지시에 따라 갑판장이 앞장선 어로작업이 시작되었다. 갑판장은 선미 갑판에다 의자 하나를 갖다놓고 눌러앉았다. 도르래에서는 주낙의 낚싯바늘이 서서히 풀려나오고 있었다. 의자에 앉은 갑판장은 고등어나 꽁치를 낚싯바늘에 재빠르게 끼운 뒤 보이지 않을 정도의 속도로 바다에 떨어뜨렸다.

하루 다섯 차례나 주낙을 펼쳤다 거둬들이기를 되풀이해도 빈 낚싯바늘만 맥없이 딸려오는 게 대부분이었다. 어떤 날은 전동 롤러의 힘에 감기는 주낙을 따라 바다거북이 끌려 올라오기도 했다. 그럴 때면 내 입에서 절로 한숨이 새 나왔지만 다음 번 조업에는 대박이 날 조짐이라고 스스로 위로하곤 했다. 나는 캔맥주 딴 걸 종지에 부어서 바다거북 앞에 놓았다. 그걸 본 선원들은 바다거북을 향해 누가 먼저랄 것도 없이 큰절을 했다. 종지에 든 맥주를 죄다 마신 바다거북은 선원들의 조심스런 도움을 받아 무풍지대를 기우뚱거리며 헤엄쳐 갔다.

배를 탈 각오를 했던 사람들이라면 육지에서의 삶에 진저리가 나서일 경우가 많았을 텐데도 바다는 그들을 포근하게 보듬어주지 않았다. 얼굴이 둥글넓적해서 보기보다 더 소탈해 보였던 선장은 고된 일이 끝나면 언제나 술자리를 마련했다. 그런 자리에서 선원들은 사회에서 겪었던 아픔들을 제각각 털어놓곤 했다. 시린 속을 술잔에 감춘 나는 너털웃음에다 육지에서의 아련했던 기억을 한 겹 덧씌우듯 말했다.

"상처 아문 숭자리를 들다보드키, 지나온 것이 뭐이 그리 중요혀. 당장 바닷속 참치를 끄잡아올래 내 창지를 채우는 게 급허지."

손가락으로 갑판 아래 어창을 가리키고 나서 들이켜는 나의 술잔은 가늘게 떨렸다. 선장은 나를 뚫어질 듯 바라보다가 배의 흔들림과 맞춰 고개를 끄떡거렸다. 이십 년 넘게 어선을 타는 동안 가까워졌던 선장에게도 내 속마음을 다 털어놓은 적은 없었다. 나는 배를 타기 전에도 죽음의 문턱을 넘나든 적이 있었다고 했다. 어릴 적, 숨이 멎어버린 나를 둘러업은 엄마가 찾아간 곳은 천주교 교단에서 운영하는 병원이었다고 했다. 휴일이었으니 당연하게도 병원 셔터가 내려져 있었던 거였다. 엄마는 눈물 섞인 고함을 지르면서 셔터를 주먹 쥔 손으로 두드렸던 모양이었다. 한참 만에 어눌한 말씨의 수녀가 고개를 내밀고 휴일이어서 진료가 안 된다면서 돌아가라는 차가운 말만 던졌다고 했다. 나를 업은 엄마는 수녀의 옷자락을 잡은 채 땅바닥에 꿇어앉아 눈물을 펑펑 쏟아내며 말했다는 거였다.

"애기가 죽어뿌렀는지 우짠지 모릉께, 한 번만 봐주시쇼잉."

죽지 말란 운명이었던지 숨이 멎었던 나는 수녀의 응급처치를 받아 살아났다고 엄마가 얘기해줬다. 수녀의 손에 의해 다시 태어났으니 내게 내려진 세례명은 남달랐을 터였다. 그런 뒤에도 나는 가난 때문에 폐병에 걸려 죽을 고비를 또 한 번 넘겼다. 선장에게는 벌어들인 돈으로 가난에 쪼들린 엄마와 아직 시집도 못 간 동생을 출가시키려 한다는 얘기만을 했을 뿐이었다. 나의 지나온 삶을 지레짐작하고서 곁눈질로 지켜봐주는 선장의 존재는 아버지와도 견줄 수 없을 정도였다. 그런 나에게 불빛도, 사람의 기척도 없이 스스로의 밝음으로 파도를 헤치고 나아가야 하는 배 위에서의 삶은 고독과의 처절한 싸움판과도 같았다. 선장이 가끔 내게 해대는 욕은 닥쳐오는 고독에 절대로 지지 말라는 뜻이 담겼다고 보는 게 맞을 거였다. 선장의 기분이 들떠 있을 때를 맞춰 엔진에 연결된 발전기의 스위치를 끈 적이 있었다. 칠흑 같은 어둠이 300톤 연승어선의 형체를 완전히 삼켜버렸다. 불빛이 사라진 뒤라 파도 소리만 간간이 스쳐 지나가는 절대 고독의 세상으로 배와 내가 한 몸이 된 채 스며들었다. 몸을 스쳐가는 무풍지대의 적막은 되돌아온 편지만큼이나 허허로웠다. 그럴 때면 바다와 싸워서도 결코 지는 법이 없었던 선장의 고함 소리가 기관실까지 들려왔다.

"너! 장난치는 거 맞지!"

나는 선장이 들으라는 투의 말을 무풍지대의 바다를 향해 쏟아냈다.

"맹물가튼 인생! 어둠이 무서버 빠구리 쳐온 나헌테도 간을 맞출 절대 고독은 필요한 법인 거 모른다요?"

내 말을 알아듣지 못한 듯 선장의 거리감 있는 말이 기관실까지 희미하게 들려왔다.

"배에 근육질의 남자들만 올라타고 있어서 물속의 세이렌이 불을 끈 거라고? 소설 쓰지 말고, 좋은 말 할 때 불 켜!"

선장과 내가 무풍지대를 중매인 삼아 내뱉는 시시껄렁한 대화는 언제라도 어창을 가득 채울 수 있다는 자신감에서 비롯된 것 같았다. 늘 거센 바닷바람과 맞서왔던 나였지만 바람이 없는 곳에서 맞는 어둠이 어떤 결과를 빚는지 겪어보지 못했다. 그저 배와 선원들에게 별 피해 없이 잠깐의 소란 정도로 끝나버릴 줄 알았다. 조타실에서 좀체 벗어나려 하지 않던 선장이 웬일인지 기관실까지 직접 내려와 내 엉덩이를 걷어찼다. 나는 선장을 향해 고함을 질렀다.

"고립의 서늘험에 취해볼라는 넘을 요로코롬 걷어찰 수 있다요?"

선장은 내 뒤통수를 때리며 정신 차리라는 듯 말했다.

"잠잠해 보이는 무풍지대를 떠돌다 흔적도 없이 사라진 뱃놈들이 한둘인 줄 알아?"

연승어선 생활에 이골이 난 선장이 볼 때 정전이 된 게 나의 장난 때문이란 걸 진작 눈치 챘던 거였다. 말은 그렇게 했지만 선장은, 손을 내저어도 잡히는 것 하나 없는 바다에서 고립되는 짜릿한 감각을 나처럼 즐겼을지도 몰랐다. 정전이 되었다는 걸 안 마이클은 톰의 팔을 끌고 갑판으로 나왔다. 팔에 붕대를 감은 마이클은 별빛이 눈 아리게 쏟아져 내리는 동쪽 하늘을 향해 두 손을 모았다. 마이클과 톰이 손을 높이 치켜들었다가 무릎을 꿇으며 이마를 갑판에 갖다 대는 모습은 신비롭게 보였다. 그걸 본 갑판장이 두 사람의 무슬림을 향해 너스레를 떨었다.

"야 임마! 알라가 태어난 데는 북동 쪽 아이가! 좆도 모르는 새끼들이, 기도만 하믄 무슨 일이라도 해결될 줄 알제? 그람서 니는 라마단 기간 중인 낮에 살째기 조리실로 가 가꼬 닭도리탕 훔쳐 먹은 거 내 다 알고 있다 아이가!"

갑판장의 말을 알아들었는지 알 수 없어도 정성스레 기도를 하는 마이클의 심정은 절박해 보였다. 마이클은 말레이시아로 출장 온 미국 남자가 자신과 사귀던 여자를 가로채서 애인으로 삼았다고 했다. 출장 기간이 지난 미국인은 마이클이 사랑에 빠져 허우적거리던 여자를 임신시켜놓은 뒤 곧 돌아오겠다는 말만 남긴 채 훌쩍 떠나갔다고 했다. 그런 뒤 전화 한 번 없었다는 거였다. 그런데도 마이클은 사랑하는 마음을 거둘 수 없어서 아이를 밴 여자와 결혼을 했고 곧이어 미국 남자의 아기를 낳았던 모양이었다. 어리기만 한 아내가 두 번째 임신을 했지만 마이클의 기쁨과는 달리 석 달이 채 되기 전에 유산이 되고 말았다고 했다. 아내를 데리고 병원을 찾았을 때 의사가 마이클에게 이렇게 얘기하더라고 했다.

"자궁 후굴이 심해서 조산이나 사산의 위험이 있어요. 힘든 일을 하게 되면 위험은 더 커지겠죠?"

의사의 얘길 들은 마이클은 아기를 업고서 하루 열두 시간 넘게 일을 해야 하는 포장마차를 당장 그만두도록 아내를 설득할 수밖에 없었다고 했다. 그렇지만 마이클이 외국인 회사에서 벌어 오는 돈으로는 두 사람의 생활비로도 모자랐던 것 같았다. 눈을 멀뚱히 뜨고 마이클의 입만 바라보는 아내에게 전쟁터로 나가는 병사처럼 했던 얘기를 내게 들려줬다.

"좋아! 가족을 살리기 위해 내가 희생할게. 육지에서도 바다 못지않게 흔들리며 살았는데 그까짓 뱃일, 왜 못 하겠어."

선원 모집 광고를 본 마이클은 본사와 연락이 닿은 지 며칠 만에 참치잡이 어선을 타기 위해 라스팔마스로 날아왔다. 마이클의 따스한 마음을 읽고 난 열여덟 살 아내가 손목을 붙들었지만 한 번 마음먹은 게 흔들릴까 봐 돌아보지 않았다고 했다. 이제껏 정성을 다해 믿어온 알라신이 뒷일을 보살펴줄 거라는 든든함이 마이클의 등을 떠밀었기 때문이라고 말했다. 그러면서도 아내가 미국 남자와 팔짱을 끼고 다니던 모습이 떠오른 순간에는 주먹이 불끈거리기도 한다고 했다. 마이클이 첫 애 이야기를 꺼낼 때면 미국 남자를 향한 분노 때문에 눈에서 장작불이 타오르는 것처럼 이글거렸다. 주낙에 끌려 올라온 참치의 아가미를 칼로 도려내는 순간에 보았던 살기도 그 때문인 것 같았다. 아내를 가로챘던 미국 남자가 떠올랐는지 미국을 향해 눈을 부릅떴다가도 참치의 피를 보고 난 마이클은 입가에 알 듯 모를 듯한 미소를 흘리면서 눅눅한 침대에 바삐 몸을 숨겼다. 꿈속에서 만났을 미국 남자와 마이클이 어떤 식으로 화해를 했는지는 알 수 없었다. 아침이면 풀어진 눈빛으로 입고 있던 바지를 털어 밤꽃 냄새를 날리는 마이클의 모습은 씁쓸해 보였다. 마이클이 울적할 때마다 마시곤 하는 종이컵 속의 믹스커피는 이미 식어 풀어졌던 프리마가 응어리지고 있었다. 그걸 지켜보던 나는 다물고 있던 입을 뗐다.

"근디, 샹놈의 시키! 고로코롬 돈 벌 목적이 뚜렷헌 놈이 참치 목숨 하나 끊지 못 헌단 말여? 참치 모가지를 따지 못 하믄

니가 죽는단 말여. 게다가 니가 맡은 일을 못 헌다고 발을 빼믄 하늘 같은 고참들헌테 그 일이 넘어갈 수밖에 없자녀. 니가 다른 사람들 고생을 알기나 혀?"

나는 아직 한국말의 말귀를 제대로 알아듣지도 못하는 마이클에게 욕을 퍼붓다가 머쓱해졌다. 생선 비린내로 채워진 선실에서 소주 몇 잔에 지친 하루를 맡기는 나의 삶은 흔들리는 감방에 갇힌 신세와도 같았다. 나는 갑자기 갑갑한 생각이 들어서 갑판장을 힐끔거리며 말했다.

"살아내는 일이 절박헐수록 디디고 설 자리가 간당간당허는 거이 인지상정이랑께. 암만!"

그나마 톰은 나에게 욕을 듣고 있던 마이클의 사정을 누구보다 잘 알고 있는 것 같았다. 무릎을 세운 톰은 할랄 표시가 찍힌 봉지에서 꺼낸 감자칩을 바스락거리며 씹고 있었다. 무슨 생각에 잠겼던지 톰의 손에 들린 과자봉지에 물방울 하나가 떨어져 비닐의 매끈한 표면을 따라 번져갔다. 아마도 톰 자신의 처지도 마이클 못지않다고 생각해서 그랬을 터였다. 연승어선에는 마이클이나 톰보다 훨씬 더 형편이 어려운 사람들이 거쳐 갔다는 걸 그들만 모르는 것 같았다. 참치는 곧은길을 향한 삶의 여정에 끼지 못한 선원들을 다독거리려고 낚시의 미끼를 물었던 게 아니었을까 하고 생각했다.

끝이 뾰족한 망치로 참치의 정수리를 정확하게 겨누어 때리자, 그 쾌감이 손목에 전해졌다. 매끄럽고 늘씬한 몸으로 파르

르 떨면서 마지막 목숨을 갑판에 내려놓는 참치가 내 눈에는 미국으로 훌쩍 떠나버렸던 여자처럼 보였다. 나른해진 나는 얼른 술자리를 끝내고 잠자리에 들어야겠다는 생각뿐이었다. 오랜 선상 생활에 지친 나는 젓갈 냄새가 나는 여자라도 품어 코를 골며 자고 싶은 마음이 간절했다. 오늘 봤던 피의 질척거림 정도라면 여느 때와는 다른 황홀한 꿈을 꿀 수 있을 것 같았다. 나는 소주 몇 잔이 가져다 준 취기를 핑계 삼아 미처 끝나지 않은 술자리에서 일어났다. 열차의 침대칸과 흡사한 선실의 난간을 잡은 채 단숨에 이층 침대로 몸을 끌어 올렸다. 내가 하는 행동을 지켜보고 있던 선장이 고개를 들어 던지는 말이 울컥 가슴에 와 맺혔다.

"캬, 술맛 죽이네! 나도 한때는 너처럼 놓치기 아까운 꿈을 꾼 시절이 있었어. 지나고 보니 안개처럼 산산이 흩어졌지만 말야. 지금 이 순간만큼은 누구라도 간섭할 수 없을 만치 중요한 법이지, 아무렴!"

나는 선장이 떠드는 소리를 듣지 않으려고 땀내와 비린내가 뒤섞인 베개를 귀에 대고 잠을 불러들였다. 참치와 사투를 벌이느라 굳어버린 근육이 딱딱한 침상과 맞닿은 자리는 배겨서 쉬 잠이 오진 않았다. 나는 갑판에 흥건하게 고였던 참치의 피가 장화에 밟혀 질척거리는 모습을 연거푸 떠올렸다. 뒤이은 취기 덕분에 몽롱한 상상 속으로 접어든 나는 곧이어 꿈나라로 성큼 발을 들일 수 있었다. 꿈속에서 나는 스물일곱 살이 되어 스물

다섯 살의 윤기 흐르는 여자를 만났다. 그럴 무렵에는 참치의 정수리를 망치로 때릴 때의 광기 어린 눈빛은 드러나지 않았을 거였다. 여자 앞에만 서면 이상스레 한없이 작아지던 젊은 날의 나란 존재가 바보스럽기만 했다.

　내 젊은 시절, 아버지는 여자 집안의 친일 행각을 마을 사람들에게 떠벌렸고, 여자의 아버지는 우리더러 빨치산 집안이라며 절대 결혼만은 안 된다고 핏대를 세웠다. 담 하나를 사이에 둔 양가의 아버지는 오래전부터 나쁜 감정이 있었던지 눈만 뜨면 서로 싸우곤 했다. 여자의 아버지가 우리 집안에서 열촌도 넘는 조카의 행적을 생트집 잡아 약을 올리는 걸 참아내기 힘들었던 내 아버지는 홧김에 농약을 병째 마시고 뒹굴다 숨을 거뒀다. 그런 뒤, 여자의 아버지 꿈에 내 아버지가 날마다 나타나 친일파는 씨를 말려야 한다며 고함을 쳐대서 간밤에 눈을 붙이기조차 두렵다고 술에 취해 하소연을 하곤 했다. 여자의 아버지는 내 아버지의 49제도 끝나지 않아 화장실에서 목을 매달았다. 그랬지만 이미 여자와 나에 대한 소문은 이웃 마을에까지 쫙 깔렸던 시기였다. 우린 부모들 몰래 약혼반지까지 주고받았었다. 그런 사이였는데도 여자는 내가 그렇게나 매달렸던 사실조차 까마득하게 잊은 듯 하루아침에 홀쩍 미국으로 떠나버렸던 거였다. 처음 단추를 잘못 끼운 나는 죽을 때까지 마지막 단춧구멍을 찾아내지 못할 것만 같았던 탓에 여자를 향한 원망이 더 컸다.

　해묵은 원망을 베개 삼아 꿈을 꾼 나는 시퍼렇게 날이 선 칼을 들고 여자에게 다가갔다. 코가 듬성듬성한 그물을 여자의 몸에다 감아 마스트의 체인블럭에다 건 나는 쇠사슬을 서너 차례 당겼다. 차라락거리는 소리가 이어진 뒤 그물에 갇힌 여자는 못에 걸린 양파자루처럼 축 늘어졌다. 몸을 옥죄는 게 갑갑했음 직한 여자가 고함을 지르면서 버둥거렸지만 갇힌 그물을 벗어날 방법은 없었다. 꼼지락거린 여자의 손가락과 발가락이 낚시의 미늘 역할을 한 탓에 아무리 버둥거려봐야 헛일이었다. 한동안 악을 쓰던 여자는 날이 번쩍거리는 칼을 들이대는 걸 본 뒤 눈을 질끈 감아버렸다. 그물에 갇힌 여자의 몸매는 방금 잡아 올린 참치처럼 매끈했다. 나는 그물 사이로 삐어져 나온 여자의 옷자락을 참치 뱃살을 도려낼 때처럼 조심스레 칼로 찢었다. 여자의 옷을 칼로 찢어나가는 동안 희고 봉긋한 가슴이며 배꼽에 이어 풍성한 음모가 그물코 사이로 차례차례 드러났다. 부끄러웠던 여자가 팔과 다리를 꼬아보려고 애를 썼지만 그물의 힘은 보기보다 훨씬 강했다. 나는 여자가 그물코를 통해 침을 뱉기라도 할까 봐 체인블럭에 매달린 도롱이집 모양을 손가락으로 돌렸다. 그런 뒤 칼질에 패인 허리께의 옷자락이며 속옷을 억센 손으로 뜯어냈다. 곧이어 여자의 윤기 나는 둔부가 눈앞에 드러났다. 허리를 숙인 나는 그물코 사이로 손가락을 넣어 볼기짝을 벌렸다. 오래도록 그려왔던 풍경이 참치의 벌어진 아가미처럼 붉고도 촉촉하게 내비쳤다. 나는 마른 침을 꿀꺽 삼킨 뒤 거친 숨을 내뱉으며 바지를 내리고 여자의 싸늘한 허리를 힘줘서 당겼다. 오랜만에 주물러보는 여자 몸의 미끈거림을 나는 도저히 참아내기 힘들었다. 절정에 이른 순간 한곳에 몰려 있던 나의 집착과 원망이 뜨겁게 뿜어져 나오며 차가운 궁륭을 데울 듯 흩뿌려졌다. 나는 참치의 침보다 끈적거리고 바닷물에 젖은 바지보다 뻣뻣한 아랫도리의 감촉을 아릿하게 느꼈다. 그런 뒤에는 어느 때보다 더 깊은 잠 속으로 까무룩 빠져들었다.

조업을 마친 참치잡이 연승어선은 6개월 만에 라스팔마스 기지로 돌아와 냉동된 참치를 부려놓은 뒤 도크에 올려졌다. 샥스핀은 중국 선원들에게 비싼 값에 팔아 돈을 나눴으니 모두들 주머니가 두둑했다. 이틀간의 휴가를 받은 선원들은 당직자 한 명을 배에 남겨두고 3개 조로 나눠 유럽 최대의 휴양지인 라스칸테라스로 갔다. 라스팔마스는 카나리아 제도에 속한 섬이었다. 그곳은 일 년 내내 맑아서 유럽인들이 가장 즐겨 찾는 관광명소 중 하나였다. 게다가 해수욕장까지 끼고 있어 도시의 안갯속에 지내던 유럽인들이 기를 쓰고 찾아들 조건을 두루 갖추고 있었다. 라스칸테라스 해변은 3.7킬로미터 가량의 길이였는데 썰물 때 바라보면 바닷속에 일렬로 늘어선 암초가 밀려오는 파도를 막아줘서 물결이 호수처럼 잔잔했다. 자연 암초가 방파

제 역할을 했으니 콘크리트 구조물의 삭막한 모습을 보지 않고도 밀려드는 파도를 막아낼 수 있었던 거였다. 잔잔한 물살을 온몸으로 느끼며 물놀이를 하던 유럽인들은 눈부신 햇살의 축복을 받으려는 듯 토플리스 차림으로 해변을 누볐다. 누드 비치를 따로 설치해두었지만 워낙 넓기도 하고 개방된 유럽인들이 몰려들다 보니 어느 누구도 통제를 하거나 할 엄두를 내지 못했다. 선원들은 그런 모습을 보자마자 거의 동시에 선글라스를 꺼내서 야릇한 미소가 번지는 시선을 가리곤 했다. 일광욕을 하느라 백사장에 드러누워 있는 유럽 사람들을 갑판장이 자세히 바라보며 깜짝 놀라 했다. 동양인처럼 피부가 새까맣게 변한 사람들을 봤던 거였다. 갑판장의 물음에 라스팔마스에 대해 어느 정도 지식을 갖고 있었던 내가 말했다.

"몰개에 섞인 용암 가루 땜시 그려, 그거시."

카나리아 제도는 콜럼버스가 스페인 왕으로부터 미국을 탐험하도록 허락을 받은 뒤 험한 바닷길에 시달리다가 잠시 쉬었다 간 곳이었는데 1960년대에야 유럽인들의 휴양지로 개발된 곳이라고 했다. 그중 라스팔마스는 한국인이 많이 살고 있어서 우리 대사관도 진출해 있었고 한국어를 가르치는 학교도 있었다. 우리나라에서 온 원양어선 선원들이 죽어 가장 많이 묻힌 곳도 라스팔마스였다. 그건 아마도 오래전부터 한국의 어업 전진 기지가 있었기 때문일 거였다.

라스칸테라스를 벗어난 우리는 택시를 나눠 타기로 하고 편을 갈라 요금 흥정을 시작했다. 길 건너편으로 간 선장 조에서 나를 손짓해서 불렀다. 선장은 나란히 선 두 대의 택시 기사와 유흥가인 무에 그란디까지 헐값에 태워주기로 흥정을 마친 상태였다. 약속했던 것보다 미터기의 요금이 더 많이 찍힌 순간에도 택시는 멈출 줄 모르고 내달리다가 앞차가 멈춰선 걸 보고서 정차했다. 선장에게서 들었던 요금을 택시 기사에게 건넨 순간, 기사가 10달러 지폐 한 장을 되돌려줬다. 내가 팁이라며 다시 내밀어도 한사코 사양을 하는 택시 기사의 표정에는 쓸쓸한 웃음이 번졌다. 앞차에서 내려 나를 기다리던 선장에게 방금 일어난 일을 설명한 순간, 무거운 대답이 흘러나왔다.

"여기도 경기가 별로 좋지 않은 모양이야. 그러니까 택시가 서로 경쟁을 하는 건가 봐."

라스팔마스 길 구석구석을 꿰고 있는 선장을 따라 언젠가 가보았던 무에 그란디 골목으로 접어들었다. 어디서 누구에게 들었는지 몰라도 선장은 골목의 끝머리에 있는 나이트클럽에 얼마 전 한국에서 온 젊고 예쁜 여자가 있다는 말을 느끼하게 내뱉었다. 남자라면 누구나 솔깃할 말에 선장과의 거리를 좁힌 선원들 모두가 매캐한 냄새가 배어나는 골목을 빠른 걸음으로 지나쳤다. 골목의 어둠 속에는 무풍지대와 같은 두려움이 감춰져 있을 것만 같아서였다. 이런 곳이라면 마약에 취한 남자들이 행인들을 대상으로 약탈을 일삼기도 한다는 말을 들은 적도 있었다. 하지만 나는 죽음조차 무릅쓰고 참치와 싸워왔으니 어떤 일이 닥쳐도 두렵지 않았다. 혹시나 했던 선장은 품속에 잭나이프 한 자루를 감추고 다녔다. 선장은 빛바랜 간판 건물의 지하 계단을 향해 성큼 발을 들였다. 아직 이른 저녁인데도 지하로 난 계단은 어두워 어디가 어딘지 분간이 되지 않았다. 앞사람이 디딘 자국을 뒤쫓아 내려딛는 발자국소리가 아래쪽에서 들려오는 탱고음악에 뒤섞였다.

선장의 익숙한 안내에 따라 테이블 두 개를 붙여 자리를 잡았다. 선장은 어두운 불빛 속에서도 웃는 얼굴로 손을 흔들어 유럽인들의 술시중을 들고 있던 웨이터를 불렀다. 반갑게 다가와 허리를 숙여 인사하는 배불뚝이 웨이터에게 선장은 뭔가 귓속말을 전했다. 곧이어 테이블 가득 술이며 안주가 차려졌다. 때맞춰 악단의 드럼이며 기타가 익숙한 멜로디를 연주하기 시작했고 비즈 장식이 번쩍거리는 옷을 입은 여자 가수가 모습을 드러냈다. 마이크를 잡고 허리를 숙이는 여자 가수의 풍만한 가슴은 곧 떨어질 듯 출렁거려서 아슬아슬하게 보였다. 무대 위 잠깐 동안의 정적 사이로 길게 목을 뺀 선원들의 침 삼키는 소리가 동시에 들렸다. 갈증이 난 선원들은 앞에 놓인 술잔을 입으로 가져가면서도 무대를 향한 눈길은 잠시라도 떼지 않았다. 여자 가수가 부를 노래의 앞부분이 기타의 선율로 연주되자 객석에서 환호성이 울려 퍼졌다. 조용필의 '외로워 마세요'가 비음 섞인 여자 가수의 목소리로 울려 퍼진 순간, 거친 바다와의 싸움에서 이겨 돌아온 뱃사람들의 눈시울이 젖어드는 게 흐린 불빛 속에 드러났다. 철 지난 노래이긴 했지만 울컥하는 감정을 이기지 못한 선장은 주머니에서 한 뭉치의 달러를 꺼내 테이블 위에 올리고 좀 전의 웨이터를 손짓으로 불렀다.

출렁거리는 배를 내밀며 다가온 웨이터는 테이블 위에 놓인 달러 뭉치를 보고 입이 찢어졌다. 선장의 억센 손으로 잡아당긴 귀에다 흘려 넣은 얘기를 들은 웨이터는 표정이 환해진 채 뒤뚱거리며 매니저의 자리로 달려갔다. 무대에서 부른 노래의 마지막, '외로워 마세요' 가사가 남긴 여운의 끝머리에 여자 가수는 다시 허리를 숙였다. 무대 아래서 기다리고 있던 매니저는 노래가 끝나자마자 여자 가수를 불러 요란한 손짓을 섞은 대화를 주고받았다. 매니저의 손이 내가 앉은 테이블을 두어 번 가리킨 뒤, 웃음을 띤 여자 가수가 고개를 들어 우리 쪽을 쳐다봤다. 너나없이 손뼉을 치거나 고함을 지르던 선원들은 유럽인들이 있든 말든 손가락으로 입술을 오므려 휘파람을 불기도 했다. 이윽고 사뿐한 걸음으로 무대에서 내려온 여자 가수가 고개를 빳빳하게 세운 채 담배를 꼬나물고 매니저의 안내에 따라 우리가 앉은 테이블로 다가왔다. 기타는 저 혼자서 여전히 철 지난 노래인 노사연의 '만남'을 낮고 느리게 연주하고 있었다.

매니저는 허리를 굽힌 채 의자 하나를 끌고 와서 선장의 옆에다 여자 가수를 앉혔다. 도끼눈을 뜨면서 여자 가수를 바라본 선장은 손에 쥐어졌던 담배를 빼앗아 바닥에 내팽개치며 어깨에 손을 얹은 뒤 물었다.

"넌, 고향이 어디지?"

어깨에 닿은 손의 묵직함을 느낀 여자 가수였지만 빳빳한 고개를 조금도 숙이지 않은 채 선장에게 대답했다.

"충청도예요."

어깨에 얹힌 선장의 손아귀에 힘이 주어졌는지 여자 가수는 갑자기 얼굴을 찡그렸다. 선장은 톤을 높인 목소리로 여자 가수에게 다시 물었다.

"충청도가! 전부 네 고향이야?"

"워따매, 우짠다고 따지신다요, 시방!"

여자 가수는 따지고 드는 선장에게 지지 않겠다는 듯 목청을 돋우었다. 여자 가수의 어깨에 얹었던 손을 빼서 재킷 안주머니를 뒤진 선장은 잭나이프를 꺼내 테이블에다 힘껏 꽂았다. 나는 선장의 고함이 터져 나올 걸 예상하고 여자 가수를 향해 먼저 소리를 질렀다.

"가이내가 어느 안전에 대고 공갈을 쳐 쌌는다냐! 염라대왕을 속이제, 나는 못 속인당게!"

입맛을 쩝쩝 다신 선장은 여자 가수를 내게로 밀쳤다. 나는 여자 가수에게서 어깨를 떼며 말했다.

"암만 궁해도 그라지, 고향 가이내를 어찌 품겠능가."

여자 가수는 반가운 기색을 한 뒤 내 팔에 자신의 손을 끼워 넣으며 말했다.

"옴마! 오빠 고향도 전라도랑가?"

170

선장과 내가 여자 가수를 두고 밀고 밀치는 걸 본 뱃사람들의 표정은 묘하게 변해갔다. 나는 테이블 위에 올려둔 달러 뭉치를 집어 들어 몇 장의 지폐를 여자 가수의 브래지어 속에 끼워 넣은 다음, 선장의 주머니에 나머지를 도로 쑤셔 넣었다. 그걸 본 선원들은 입가에 알 듯 모를 듯한 미소를 머금은 채 여자 가수에게로 몰려들었다. 선원들의 거친 손길이 스쳐갈 때마다 여자 가수의 브래지어 속에 달러가 쌓여갔다. 그걸 보고 유난히 떨떠름하게 쳐다보던 내가 갑판장의 귀에 대고 속삭였다.

"몇 년 전에 말여. 한국에서 온 뱃넘 하나가 여그 비스므레한 곳에 갔다가 말여. 괴한들 총에 맞아 뒈진 소문이 나부렀지라. 비상이 걸린 중에도 어떤 넘은 코쟁이 스트립걸이 진짠 중 알고 앵개 붙었다가 호모들헌테 납치되부러서 떼씹을 당했나벼. 몸 하나까고 묵고 사는 넘들은 늘 조심하지 안코서는 변을 당헐 수밖에 없는 데가 바로 여그여. 그 땜시 선장이 잭나이프를 갖고 다니는 거여."

그 말을 들은 선장은 테이블에 꽂힌 잭나이프를 빼서 주머니에 도로 넣었다. 여자 가수는 한국에서 왔다는 사실만으로도 선원들 사이에 인기를 독차지해 잠자리를 허락하지 않고도 브래지어 속에다 달러를 그득하게 채웠다. 여자 가수 곁으로 다가와 느끼한 웃음을 흘리던 웨이터에게도 선장은 백 달러 지폐를 선뜻 건넸다. 점심과 곁들인 반주에 이미 취기가 올랐던 선원들은 여자 가수를 징검다리 삼아 신선한 고향의 향기를 더듬어가며 마신 술로 긴장을 풀어헤쳤다. 술기운을 빌려서 나마 가닿고 싶은 곳이 바로 어릴 때부터 자란 고향이라는 생각 때문이었을 거였다. 고향에 있는 엄마와 누이를 몇 년째 못 본 나는 집으로 돈을 꼬박꼬박 보내주긴 했지만 우리 집이 가난의 굴레를 벗어나진 못했을 것만 같았다. 그 때문에 뱃사람들이 살아가는 방식은 먼 길 마다않고 달려가 사냥으로 배를 채운 뒤 집으로 돌아와 먹은 걸 가족들 앞에 죄다 게워내곤 하는 수놈 늑대의 삶과 흡사하다고 생각했다. 무풍지대에서 참치를 낚아 올린 다음, 손질을 해서 어창에 넣은 뒤 항구로 돌아와 부려놓는 일을 되풀이하곤 하던 나는 가난 때문에 늘 다투기만 했던 엄마와 누이의 얼굴을 지워버렸다. 정든 고향 땅을 밟고 싶은 간절함을 피붙이가 벌려놓는 것 같아서였다.

휴가를 마친 뱃사람들은 홀가분해진 마음으로 라스팔마스 항구로 돌아와 각자에게 맡겨진 일에 매달렸다. 내가 작성해서 본사로 보낸 수리 계획서에 따라 공무팀에서 정해준 파트별 수리업체 명단이 팩스로 도착해 있었다. 나는 수리업체 인원들에다 기관실에 소속된 선원들 힘을 보태 엔진 오일을 교환하고 고무 패킹이며 개스킷과 베어링을 갈아 끼웠다. 엔진의 피스톤이며 크랭크축을 분해해 보니 마찰이 잦은 곳의 링이나 핀만 바꾸면 다음 항차까지는 족히 견딜 수 있을 것 같았다. 나는 스페어로 준비되어 있는 소모품을 가져와 닳은 부품을 빼 내고 새

것을 끼웠다. 미처 준비해두지 못했던 부품은 항구의 뒷골목에 즐비한 부속품 상점에서 사다 날랐다. 갑판장도 전문 수리업체의 도움을 받아서 어로 작업 중에 손상된 전동 롤러며 도르래의 핀 등을 하나하나 빼서 갈아 끼웠다. 녹이 슬어 들뜬 철판은 그라인더로 갈아서 뗀 뒤 새 철판을 대서 용접하기도 했다. 보름의 수리 기간이 지난 연승어선은 시운전을 위해 외항으로 나갔다. 무풍지대에 다다랐을 때 주낙을 푸는 일과 되감는 작업에 지장은 없을지 실제 상황과 맞먹는 시운전을 몇 차례나 한 뒤에야, 선장의 오케이 사인에 따라 배가 라스팔마스로 되돌아왔다. 배가 시운전을 하기 위해 항구를 떠난 동안 남겨진 선원들은 다음 항차에 필요한 주식과 부식이며 담배나 술과 같은 기호식품을 산 뒤 바닷바람에 눅눅해진 이불과 베개며 매트와 의류들을 업자들로부터 납품받아 항구에서 기다리고 있었다. 6개월 동안 먹고 쓸 생필품을 누가 다 먹겠나 싶었는데 기지로 돌아갈 무렵에는 창고가 텅 비어 있었다. 그걸 본 나는 입맛을 쩝쩝 다시며 말했다.

"니미, 상어 입보다 저그덜 입이 더 무섭당게."

처음 배를 탈 때는 낡은 엔진에서 흘러나온 기름이 신발에 묻어 미끈거리는 찜찜함이 너무 싫었다. 게다가 머리가 어질할 정도로 기름 냄새가 많이 날 때는 멀미에 익숙해진 나였는데도 뱃전에 목을 내밀고 구토를 하지 않으면 안 되었다. 낡은 배의 기관실에서 일하려면 기름과는 떼려야 뗄 수가 없는 형편이었는데도 불같은 성격인 나는 도무지 기름과는 친해질 수 없었다. 바닷물로 적셔진 몸에 기름이 덧씌워지는 건 최악의 상황이었다. 비누칠을 하고 이태리타월로 문질러도 미끈거리는 느낌은 여전했다. 그런 느낌이 든 뒤부터는 언제나 여자 생각이 뒤따라서 일이 손에 잡히지 않았다. 나는 자꾸만 떠오르는 여자 생각을 지우려고 장갑을 껴서 미끈거리는 감촉을 감췄다. 바삐 일하다 보면 잊힐 만한데도 머릿속에 8분 간격으로 여자 생각이 떠오르도록 메모리가 되어 있다는 사실 때문에 한숨이 절로 새 나왔다. 장갑을 낀 채 오일 컵을 점검하던 내 귀에 갑판장의 악에 받친 고함 소리가 날아들었다.

"저 새끼들은 맨날 장비가 바뀌노! 이래갖고 우리 잡을 참치, 씨 마르는 거 아이가?"

고함 소리를 듣고 난 나는 날이 샌 뒤 처음으로 고개를 들어 네모난 하늘을 올려다봤다. 푸른 하늘을 절반이나 가린 갑판장의 얼굴은 심하게 일그러져 있었다. 팔에 붕대를 감은 채 엔진의 연돌에 몸을 기대고 있는 마이클에게 기관실을 잘 지켜보라고 윽박지른 나는 수직 사다리를 타고 갑판으로 향했다. 내친 김에 브리지까지 올라간 나는 저만치 보이는 어선의 마스트를 쳐다봤다. 펄럭이는 국기로 봐서 프랑스 어선인 게 틀림없었다. 두 척의 어선은 서로 빠른 속도로 반대쪽을 향해 달려 나가면서 폐곡선을 만들고 있었다. 잠시 후 두 척의 어선이 펼쳤던 그물이 어선 선미를 따라 감겨들고 있었다. 방금 전까지 선외기의 엔진 소리와 함께 참치를 후리느라 원을 그리던 스피드 보트 몇 대가 본선 가까이에서 금방이라도 뛰쳐나갈 듯 부르릉거리고 있었다. 어디선가 스피커의 왕왕거리는 소리가 들려오고 바다에 잠겼던 그물의 윗부분이 수면에 드러났다. 그물 속에 갇혔던 참치가 물 위로 뛰어오르면서 물보라를 일으키다가 몇 마리는 그물을 넘어 도망가기도 했다. 본선의 난간에 기대서서 그물이 좁혀지길 기다리던 선원들은 손에 든 장총으로 뛰어오르는 참치를 향해 조준 사격을 했다. 그물 속에서 일어나던 물보라는 잠깐 만에 잠잠해졌다. 시퍼렇던 바다는 금세 참치의 피로 벌겋게 물들어갔다. 나는 그때서야 움켜쥐고 있던 주먹의 힘을 뺐다. 그런 다음에는 왠지 모르게 속이 후련해지는 걸 느꼈다.

어선이 맞닿을 듯 가까워져 양쪽에 설치된 크레인으로 그물이 당겨 올려졌다. 참치의 무게가 고스란히 실린 두 척의 배는 곧추선 마스트가 맞닿을 정도로 선체가 기우뚱거렸다. 그물의 아래쪽은 두 척의 배가 어군을 에워싸는 중에 그물추 가까이 달린 줄을 당겨 참치의 퇴로를 막아두었다. 도망갈 곳을 찾지 못한 참치는 그물 속에 갇힌 채 뒤엉켜 있었다. 그 모습을 본 나는 다시 손이 부르르 떨렸다. 핏발이 섰을 법한 눈으로는 끝이 뾰족한 망치를 찾고 있었다. 내 맘을 알지도 못하는 갑판장은 프랑스 국기를 단 선망어선을 향해 손가락질하면서 고함을 질러댔다.

"너거는 양심도 없나? 그물로 참치를 싹쓰리해삐리믄 우린 너거 좆이나 빨라 이 말이가!"

그래도 분이 풀리지 않은 듯 갑판장은 왼쪽 다리를 프랑스 선적의 배를 향해 들어 올리고 두 손을 무릎에서부터 허벅지까지 재빨리 훑어 올리는 시늉을 몇 번이나 했다. 프랑스 국기를 단 배의 선원들은 조업에 신경을 쓰느라 갑판장을 쳐다볼 틈조차 없었을 터였다. 게다가 그런 행동이 무얼 뜻하는지도 몰랐을 것 같았다. 그때 식사 준비가 끝났다는 조리장의 고함소리가 들렸다. 레이더에 나타났다 순식간에 사라지곤 하는 참치떼 때문에 어느 순간 조업 명령이 떨어질지 몰랐던 선원들은 부리나케 식당으로 내려갔다. 칠판에 적혔던 오늘 점심 메뉴가 짜장면이었던 게 기억나서였다. 부산의 이름난 중화요리집에서 주방장을 했다는 조리장은 육지에서 무슨 일을 저질렀던 건지 음식 솜씨 하나만 믿고 참치잡이 배를 탄 거였다. 조리장이 찰지게 주무른 밀가루 반죽을 허공에 휘휘 던졌다가 도마에 두들기고 늘려서 만든 수타면은 별미였다. 식당으로 몰려가는 선원들 모두는 입맛부터 쩝쩝 다셨다.

조타실을 지키던 선장과 임시 기관사가 된 마이클을 제외하고는 모두 식당에 모여야 했는데 어찌된 일인지 톰이 보이지 않았다. 조리장의 손을 거쳐 가장 먼저 양푼이 가득 담겨 나오는 짜장면을 단무지와 함께 쟁반에 올린 나는 갑판장이 말리는 손길을 뿌리치고 조타실로 향했다. 선장은 마도로스파이프를 입에 문 채 먼바다를 바라보고 있었다. 선장의 손놀림에 따라 연승어선이 무풍지대로 접어드는 듯 바람이 일시에 잠잠해졌다. 나는 사우나탕에 발을 들였을 때처럼 답답한 느낌이 들었다.

조타실 출입문을 열고 알루미늄 쟁반을 받아드는 선장의 손은 어쩐 일인지 차갑게 느껴졌다. 나는 멍한 눈길로 바다를 바라보는 선장에게 뜬금없이 물었다.

"성님은, 이번 참에 철망 통보가 오믄 워떠케 살라 그라요?"

"아직, 아무런 계획도 없어."

"아즉 살아갈 날이 새파란데 그런 맴으로 나믄 생을 어찌 살아내 뿌린단 말여?"

별로 진정성 없이 건너간 말이라고 생각했던지 건성으로 대답을 한 선장은 머쓱해 했다. 선장의 일이 마치 나에게 닥친 일이라도 되는 듯 속에서 불길이 솟아올랐다. 나는 선장의 숙연한 표정을 본 뒤 마음을 가라앉히고 턱으로 알루미늄 쟁반을 가리키면서 말했다.

"아따, 금강산도 식후경잉께, 언능 드시고 생각해보쇼잉."

나는 충청도도 전라도도 아닌 말투로, 더 퍼지기 전에 맛난 수타면을 먹는 게 좋겠다고 권했다. 자신의 앞날이 염려스러웠는지 먼바다를 바라보는 선장의 젓가락은 짜장과 면을 제대로 섞지도 못한 채 자꾸 엉뚱한 곳만 찔러댔다. 정부에서 낡은 어선을 없애고 보조금을 받아 신조선을 주문하라고 압력을 넣고 있었으니 언제 감척 명령이 떨어질지 모른다는 말을 며칠 전에 들은 기억이 났다. 아직 젊은 나도 하선을 하고 나면 별다른 기술이 없는 게 문제였다. 낡은 배에 익숙해진 선장이 새로 만든 어선을 몰게 된다면 최신식 장비에 쉽게 적응할 수 없을 것만 같았다. 나는 선장을 쳐다보며 걱정스럽다는 듯 말했다.

"한국에서 사람 힘을 이용혀서 돈 벌 때는 지나부렀어."

부산항에 정박을 할 때마다 본사의 선원과장은 젊은 선원을 구하지 못해 쩔쩔매곤 했다. 출항을 앞두고서야 중국이나 동남아 출신 선원으로 간신히 정원을 채운 선원과장은 한숨을 길게 내뱉었었다. 나는 갑자기 생각났다는 듯 톰의 행방을 선장에게 물었다.

"선장님! 근디, 톰 못 봤어라?"

나의 투박한 사투리에 기가 찬다는 듯 픽, 웃어젖힌 선장이 어이없다는 표정을 지었다. 나는 선장이 할 말을 대신해서 뇌까렸다.

"고거를 나가 워찌 안다냐! 마이클헌테 거머리매키로 붙어 다니던 놈이 왜? 지 짝지가 워디 간지 모른다고라?"

평소 아무런 불평이나 불만이 없이 잘 지내던 사람이 잠시나마 보이지 않을 때 선장의 걱정은 이만저만이 아니었다. 등에 요란한 문신이 그려진 인물들이야 늘 유심히 지켜보곤 했지만 방심하고 있던 사람이 실종되면 더럭 겁을 내곤 했다. 선장은 입가가 시커멓게 된 것도 모르고 젓가락질을 멈춘 채 멍하니 먼바다를 쳐다보다가 버럭 소리를 질렀다.

"어여 가서, 이 잡듯이 배를 뒤져 봐! 그렇잖아도 손이 모자라서 난리잖아."

선장의 지시를 듣고 난 나는 브리지를 지나 식당으로 내려갔
다. 식사를 마친 선원들은 죄다 입가에 짜장을 묻힌 채 이를 쑤
시며 식당에서 나오고 있었다. 그들 한 사람 한 사람의 어깨를
툭툭 치고 난 나는 톰이 간 곳을 빨리 찾아내라고 선장의 지시
를 전했다. 아홉 번째로 식당을 빠져나오던 갑판장이 짜증스럽
다는 듯 퉁명스런 말을 던졌다.

"아따! 쥐불알 만한 새끼가 오데 처박혀서 밥 처묵을 생각도
안 하고, 머하는 기고!"

배 안을 샅샅이 뒤졌지만 톰은 눈에 띄지 않았다. 나는 혹시
나 하는 마음으로 바닷속 스크루가 만든 꽈배기 모양의 소용돌
이 근처를 살피다가 퍼뜩 생각이 났다는 듯 기관실로 내려갔다.
마이클의 커다란 눈이 평소와 다르게 껌벅거리는 게 눈에 띄었
다. 나는 오른손 엄지와 인지를 써서 마이클 목의 울대를 움켜
쥐었다.

"켁, 켁. 살려줘."

"살려줄 텡께, 톰 어딨나 말혀! 싸게!"

마이클은 입을 꾹 다문 채 눈짓만으로 여러 가닥의 배관이 지
나가는 구석 자리를 가리켰다. 거기에는 짙은 갈색으로 칠한
파이프 몇 가닥이 일정한 간격을 유지한 채 지지대 위를 지나가
고 있었다. 배관 다발 아래쪽 두어 뼘의 공간에는 눈에 익은 카
키색 군복 자락이 삐져나와 있었다. 나는 마이클의 목울대를 쥐

고 있던 손을 놓고 배관이 지나가는 아래쪽으로 살금살금 걸어
가서 카키색 군복 자락을 발로 세게 걷어찼다. 밀폐된 기관실을
울리는 비명에 이어 엎드린 자세로 고개를 삐죽 내민 톰은 뭔가
에 잔뜩 주눅 들린 눈빛으로 부들부들 떨고 있었다. 그걸 본 내
가 구석을 향해 더 깊이 몸을 숨기려고 파고드는 톰의 허리춤
을 잡아당기면서 말했다.

"우째 그란다냐?"

승선 경력 2년째라는 톰은 마이클과는 달리 맡긴 일을 말없
이 해내는 편이었다. 나는 톰이 부들부들 떨거나 겁에 질린 눈
빛을 한 번도 본 적이 없었다. 나는 몸을 일으킨 뒤에도 웅크린
채 떨고 있는 톰의 아래위를 자세하게 살폈다. 방금 내 손에서
풀려난 목울대를 손으로 쓰다듬던 마이클이 뒤쪽에서 다가오
며 말했다.

"기관장님! 트로피컬, 트라우마! 아프다, 톰!"

나는 마이클이 습관처럼 써 먹는 수법이라고 무시했던 일들
을 곰곰이 떠올려보았다. 며칠 전 참치 어획량이 많은 걸 기뻐
한 선장이 베푼 회식 자리에서 술을 마시는 동안 톰에게서 들었
던 말이 기억났다. 톰은 구명보트를 타고 무풍지대를 일주일 동
안 떠돌다가 어선을 발견한 뒤 무의식중에 비상신호용 거울을
비춘 게 바로 자기였다고 말했다. 마음이 여린 톰이 하마터면
무풍지대에 갇혀 죽을 뻔한 일을 듣고 있자니, 일 년 전에 일어
났던 일이 다시 떠올랐다.

*

저녁 식사를 마친 나는 작살을 든 채 전동 롤러의 힘에 끌려 올라오는 주낙을 노려보고 있었다. 미국으로 이민 간 재벌 2세와 결혼을 해서 떵떵거리며 살고 있다는 소식이 들렸던 여자에게 복수를 해야 한다는 마음에는 변함이 없었다. 아무리 기다려도 퍼덕거리는 소리는 들리지 않고 낯익은 생선 대가리와 뼈만 주낙에 걸린 채 달랑거리며 가볍게 끌려오고 있었다. 이번 조업에서도 낚시에 걸려든 참치를 노린 돌고래떼의 습격을 받은 것 같았다. 주낙의 끝부분인 야간식별 전구부표를 본 나는 손에 쥔 작살을 힘없이 갑판에 떨어뜨리며 투덜거렸다.

"허기사, 주낙을 펼칠 적마다 괴기가 걸린다믄 부자 안 될 놈이 워디 있겄어!"

그때였다. 주낙의 마지막 부분인 야간식별 전구부표를 뒤따라 끌려 올라오는 잿빛 물체 하나에 시선이 꽂혔다. 나는 본능적으로 방금 던져버린 작살을 찾으려고 두리번거렸다. 퍼덕거림이 전혀 없다는 게 이상스러웠던 나는 두리번거리던 걸 멈추고 갑판의 난간 가까이 다가온 물체를 500와트짜리 집어등 불빛의 도움을 받아 자세히 살폈다. 꼼지락거림이 간간이 느껴지던 물체를 가만히 들여다보던 나는 물체를 잡으려고 두 손을 앞으로 내밀었다. 낚시에 걸린 물체는 분명 사람의 형체를 띠고 있었다. 나는 낚싯바늘에 걸린 잿빛 옷차림의 사람을 두 손으로 끌어 올려 눕힌 뒤 세차게 흔들었다. 허연 머리카락이며 자글자글한 얼굴의 주름으로 봐서 조난자는 환갑은 족히 지난 것처럼 보였다. 잿빛 옷차림의 노인은 간신히 실눈을 뜨고 물, 이라며 들릴 듯 말 듯한 소리를 힘없이 내뱉었다. 항해사에게 물을 갖다 달라고 얘기한 뒤 노인의 몸을 더듬어본 나는 소스라쳤다. 오래도록 바닷물에 잠겨 있었던 노인의 몸이 아버지의 시신을 만졌을 때와 같은 느낌이어서였다. 몸 여기저기에는 돌고래의 습격을 받았던지 물어뜯긴 상처가 보였다. 낡은 오리털 파카를 급히 가져와 노인의 몸을 감싸고 나서 소독약으로 상처가 덧나지 않게 처치한 뒤 항해사가 가져온 물을 입에다 부어 넣었다. 그런 뒤 노인이 더듬거리며 내뱉는 단어를 상상력을 동원해서 꿰어 맞춘 다음 노인이 이곳에 표류하게 된 까닭을 대충이나마 알게 되었다.

　나흘 전, 노인이 탄 어선은 어디에 구멍이 났는지도 모르는 채 밀려들어 온 바닷물 때문에 서서히 가라앉고 있었다. 다급해진 선원들이 물통으로 바닷물을 퍼냈지만 가라앉는 걸 막을 수는 없었다. 선원들은 물을 퍼내는 걸 포기한 채 잠기고 있는 배의 브리지로 모여들었다. 그때 노인은 각자 뜰 수 있는 도구들을 챙겨서 하늘에 목숨을 맡기자며 선원들을 향해 주먹을 쥐어 보였다. 가장 젊은 선원들에게는 부력 한계 24시간인 구명조끼를 입히고, 나머지 선원들에겐 드럼통이며 엔진오일을 비워낸

플라스틱 통에 몸을 의지하라고 지시했다. 구명보트를 탄 선원들은 그들 중 가장 젊은 축에 속했다고 했다. 선원들은 무풍지대의 칠흑 같은 바다에 제각각 흩어졌다. 차츰 가라앉긴 했지만 혹시라도 구조의 손길이 미칠까 했던 노인은 마지막까지 배에 남아 있었다. 물에 잠겨드는 마스트에 간신히 매달렸던 노인은 더 이상 어쩔 수 없어서 떠다니는 나무토막을 잡고 사흘 밤낮을 버텼다고 말했다. 노인의 말을 어렵게 꿰맞추던 나는 급히 조타실로 달려갔다. 내가 선장에게 주변 해역을 곧바로 수색해야 한다는 뜻을 전한 순간, 벼락같은 고함소리가 날아들었다.

"이런 잡것들이, 남 사정 다 봐주면 내 배는 언제 채울 거야? 어물쩍거리지 말고 어로구역으로 전속 항진해!"

화가 난 나는 참치의 숨통을 끊을 때처럼 조타실에 있던 파이프 렌치를 쥐고 선장에게 달려들며 말했다.

"고향 떠나 배를 타기는 혔지만서도 모다 살기 위혀서 이 짓 허는 거 아니랑가? 우리 손길을 기다림시로 생사의 갈림길에서 빈 도라무에 몸을 기대가꼬 바다에 떠 댕기 샀는 목심이 있다면 워쩐당가요?"

묵직한 공구를 치켜들고 사납게 대드는 내 모습을 처음 본 선장이었지만 한 치도 물러서지 않을 태세로 핏대를 세웠다.

"내 말 안 들려? 빨리 기관실로 내려가란 말야!"

이제껏 선장의 말을 거역한 적이 없었지만 사람 목숨을 구하는 일에는 조금도 물러설 뜻이 없었던 나는 좀 더 큰 목소리로 말했다.

"우리헌테 무신 영혼이야 남았겠냐마는 값싼 동정은 절대로 아니랑께요! 무풍지대에서는 인간의 무한헌 욕망만을 건질 수 있을 뿐, 영혼은 이미 힘썬 넘들에게 죄다 빼앗겨버렸잖으요! 그게 바로 파우스트의 계약이지라!"

내 말에 선장은 무슨 소린가를 내질렀지만 더 이상 들으려는 생각은 없어 보였다. 나는 기관실에 고개를 들이밀고 고함을 질렀다.

"엔진 정지! 스크류 역회전!"

배가 나아가는 속도가 눈에 띄게 줄어들었다는 걸 확인한 나는 쥐고 있던 파이프 렌치를 던지고 갑판을 둘러보았다. 주변 해역을 수색하라고 주제넘게 질러대는 내 고함소리를 들은 선원들은 우왕좌왕했다. 낚시에 걸려 올라온 노인의 축 늘어진 모습을 봤기 때문이었다. 그걸 지켜보던 갑판장이 내게 말했다.

"선장님 허락은 받았능교?"

"그렇당께!"

나는 일이 잘못되면 뒷감당을 죄다 떠안을 작정으로 선장에게 위임받은 것처럼 선원들을 재촉했다. 곧이어 깜깜하던 주변의 바다가 연승어선에서 밝힌 집어등 불빛으로 환해졌다. 갑판장이 언제 조타실에 다녀왔는지 나의 작업 지시를 거둬야 한다고 고함을 질러댔다.

"선장님이 그런 지시 내린 적 없다 카던데!"

"나가 요런 꼴을 당혔다 생각혀봐! 모다 꽁무니를 빼부렀다 믄 나가 물구신이 되뿔고 말겠제잉."

"그라는 거보다, 먼저 구조 신호를 보내는 기 빠르단 말 아인교!"

갑판장의 말을 듣고 난 나는 아차 하는 심정으로 통신장을 찾았다. 노인에게 들은 대로 사고 난 위치와 조난자 숫자를 얘기해주고 긴급 구조를 요청한다는 무전을 치라고 부탁했다. 어려운 일이 생겼을 때 혼자보다는 여럿이 힘을 모으면 짧은 시간에 조난자를 한 명이라도 더 구할 수 있다는 판단을 허둥거린 탓에 제때 할 수 없었던 거였다. 통신장의 긴급 무전을 받은 주변 수역의 배들과 라스팔마스 기지로부터 빠른 시간 내에 구조대를 보내겠다는 연락을 받았다고 했다. 근처에 배치되어 있던 미국의 해상경비대에서 정찰기를 띄우겠다는 소식을 먼저 전해왔다. 그때서야 조타실에서 나온 선장은 고성능망원경을 꺼내 들고 캄캄한 바다를 훑기 시작했다. 선원들은 난간에 기대서서 배의 집어등 불빛에 부유물이 떠다니는 게 보이는지 살폈다. 간간이 떠다니는 옷이며 기름통을 발견한 선원들은 어딘가에 표류하고 있을 조난자들을 구할 수도 있겠다는 생각에 탄성과 탄식을 번갈아 내뱉었다.

밤샌 수색작업에도 겨우 나무토막이며 물통, 천 조각 따위를 건진 게 전부였다. 바다가 환해졌을 무렵 참치를 잡을 때와는 다른 피로가 선원들에게 몰려든 것 같았다. 개기름이 번들

거리는 선원들은 핏발이 선 눈을 껌벅거리고 있었다. 멀리서 비행기의 소음이 들려오기 시작한 게 그 무렵이었다. 점차 가까이 다가온 비행기를 살폈더니 미국 국기가 그려진 게 또렷하게 보여 본능적으로 눈을 치켜떴다. 고개를 내밀어 하늘을 올려다본 내 눈빛은 잠시 분노 때문에 화끈거렸다. 곧이어 바다에 닿을 듯 고도를 낮춘 비행기에서 커다란 상자 하나를 배의 갑판 가운데 정확하게 떨어뜨렸다. 나는 혹시나 하는 마음에 부리나케 달려가서 상자를 열어보았다. 오랜 구조 경험에 따른 결과인지 상자 속에는 삼각건, 부목, 반창고, 붕대, 화상약, 소독약, 핀셋, 가위 등의 구급약품이 들어 있었다. 표류를 하느라 빠져나간 기력을 밤새 보충한 노인이 정신을 차린 건 비행기가 상자를 떨어뜨리고 난 뒤였다. 힘을 되찾은 노인은 주황색 구명보트에 탄 여섯 명의 젊은 선원들이 분명 살아 있을 거라며 밤새 건져 올린 부유물들을 끌어안고 울먹였다. 나는 통신장에게 노인으로부터 들은 자세한 얘기를 전하면서 주변 선박에 다시 무전을 치라고 부탁했다.

나흘 동안이나 수색작업에 매달렸던 연승어선의 머리 위로는 해양 정찰기가 새벽부터 고도를 낮춰 날고 있었다. 사고 해역을 오가던 선박들끼리도 수없이 무전을 주고받았다. 하지만 좌초 선박에서 보내는 자동탐색 신호는 잡히지 않고 해류를 따라 흘러가는 기름띠만 집어등 불빛에 희번덕거렸다. 무전을 통해서는 구조 작업을 포기해야 하는 게 아니냐는 의견이 오가고 있었다. 라스팔마스 기지에서 보내오는 무전도 빨리 조업 구역으로 움직이도록 하는 게 좋겠다는 무언의 압력이었다. 처음엔 미적거리던 선장이 오기가 생겼는지 저녁때까지만 수색을 해보자고 때늦은 고집을 부렸다. 쉴 틈 없이 이어지는 수색작업에 지친 선원들은 하나둘 갑판에 널브러졌다. 선원들의 무덤덤한 눈에 발갛게 먼동이 트는 풍경이 비쳤다. 그때 망루에 올라가 먼 바다를 살피던 2등 항해사가 고함을 질렀다.

"불빛이! 반짝거려요!"

잠을 제대로 못 자 가물거리는 눈을 지그시 감은 채 무언가 고민에 빠져 있던 선장이 퍼뜩 눈을 떴다. 반짝거리는 불빛을 오른손으로 가리킨 선장이 갑판을 서성이는 나에게 급히 지시했다.

"본선 우현 3마일 전방을 향해, 항진!"

선장의 지시를 받은 나도 기관실에다 고함을 질렀다.

"쩌짝으로 싸게, 전속 항진혀!"

연승어선은 엔진 회전수를 최고로 높였다. 조용하던 배가 굉음과 진동을 일으키며 달려 나가는 게 이상했던 선원들은 졸린 눈을 비비며 선수 갑판 쪽으로 모여들었다. 십여 분 동안 반짝거리는 불빛을 향해 달려간 뒤에야 나의 눈에 주황색 구명보트가 보이기 시작했다.

구명보트에 탄 여섯 명의 조난자들은 누가 누군지도 모를 정도의 엇비슷한 모습으로 바닥에 쓰러진 채 파도의 일렁임에 따라 흔들리고 있었다. 그중 머리를 짧게 깎은 조난자 한 명만 술에 취한 듯 상체를 비스듬히 세우고서 떠오르는 햇살을 거울에 반사시켜 신호를 보내고 있었다. 인간 밑바닥에 감춰진 생존 본능이 의식이 몽롱한 가운데서도 꺼지지 않았다 생각하니 새삼 감격스러웠다. 조난자들은 다행스럽게도 모두 가늘게나마 숨을 쉬고 있었다. 구조 작업 중에도 실눈을 떴다가 도로 감은 조난자들은 늘어진 상태에서도 울음을 도저히 참지 못하고 꺽꺽거리며 토해내던 끝에 차례로 갑판에 쓰러졌다. 구조작업을 끝낸 선원들은 조난자들에게 달려들어 어설프나마 인공호흡을 시키기도 하고 두툼한 이불을 덮은 뒤 차가워진 몸을 주무르기도 했다. 조난자들을 살려내려는 선원들의 움직임은 참치의 숨통을 끊을 때와는 정반대여서 갑판 위는 더 혼란스러웠다.

선원들이 힘을 모아 응급 처치를 했던 덕분에 차례로 정신을 차린 조난자들은 하나같이 간절한 목소리로 물부터 찾았다. 물을 마시고 난 조난자들은 눈을 뜬 뒤 주위를 살피다가 '선장님은요'라고 물었다. 그때 뒤에서 허우적거리는 걸음으로 나타난 노인이 조난자들이 드러누운 갑판에 무릎을 꿇었다. 여섯 조난자의 축 늘어진 손을 모아서 잡은 노인의 주름진 얼굴에는 물기가 흥건했다. 여태 살았는지 죽었는지조차 모르는 선원들을 제쳐놓고 자신이 구조되었다는 게 죄스러운지 연신 고개 숙인 자세를 취하던 노인이 말했다.

"정신이 가물거릴 무렵 돌고래가 나타나 내 몸을 물어뜯은 탓에 버텨낸 거야."

노인이 살아 있었다는 게 실감나지 않는 듯 한참 눈을 껌벅거리던 조난자들도 마치 꿈이라도 꾼 것처럼 서로를 번갈아 쳐다보다가 간신히 몸을 일으켜 어깨를 껴안고 꺽꺽 울음을 토해냈다. 일곱 명의 조난자들은 생김새가 모두 비슷했으니 불빛을 반사시킨 톰이 머리를 짧게 깎긴 했지만 그다지 눈에 띄지 않았던 거였다. 그렇지만 톰의 초점 잃은 눈동자에는 무풍지대의 바다에 가라앉아 버린 동료 선원들이 어른거리는 것 같았다. 무풍지대의 바다 밑에는 눈에 보이지 않는 어떤 힘이 도사리고 있을 거라는 믿음이 톰의 눈동자를 통해 더욱 굳어졌다.

*

좌초된 배의 선원들을 구하는 데 큰 공을 세운 선장과 나는 매스컴을 탔다. 그걸 본보기로 삼으려는 방송국이나 해양 관련 부서에서는 홍보용 자료 수집을 위해 라스팔마스 기지를 찾아왔다. 그들은 생각지도 않았던 공로상과 상금을 안겨주기도 했다. 나는 해양 관련 단체에서 준 트로피나 상금 따위에는 관심이 없었다. 역경을 너끈히 헤쳐 나온 톰을 심복으로 삼기만 한다면 어떤 어려움 앞에서도 무릎 꿇는 일은 없을 거라는 생각만 했을 뿐이었다. 그런 일을 겪으면서 어떤 트라우마를 갖게 되었는지도 모른 채…. 우리들의 손에 구조된 톰은 말레이시아로 즉시 귀국했다. 석 달을 쉬고 난 톰은 나의 주선으로 라스팔마스로 와서 연승어선에 오른 거였다. 초보인 친구 마이클을 데리고 온 톰은 통신장 자격으로 마이클과 함께 배를 탔었다. 그랬지만 톰은 초보인 마이클 없이는 아무 일도 하지 못했다.

마이클은 톰으로부터 해난 사고의 이야기를 틈만 나면 들었던 것 같았다. 마이클은 톰이 일주일 동안 물 한 모금 먹지 못한 채 메카의 방향조차 모르면서 기도를 했던 심정을 잘 아는 것처럼 너스레를 떨었다. 그러면서 친구의 트라우마를 핑계 삼아 톰을 보살펴야 한다며 시도 때도 없이 힘든 일에서 빠져나간 탓에 선원들에게 자주 머리를 쥐어박혔다.

프랑스 국적의 선망어선을 지나쳐 온 연승어선은 점점 무풍지대에 가까이 다가갔다. 그때 요란한 헬기 소리와 더불어 잔잔한 바다에 파랑이 일어 참치떼가 나타난 듯 착각을 불러일으켰다. 그걸 본 갑판장이 내게 물었다.

"성님! 저놈들은 또 머한다꼬 저라능교?"

자존심 때문인지 묻는 법이라곤 좀체 없는 갑판장의 말에 뜸을 들이던 나는 느릿느릿 대답을 건넸다.

"조거이 요새 시작된 참치잡이 방법이랑께. 헬기로 항공어탐을 허니 망루에서 바다를 보는 거시랑 워째 비교가 되겠능가?"

FRP 재질의 배로 일본 수출용 참치를 잡는 빙장선은 크기가 50톤 밖에 되지 않았다. 그들의 어로 방법은 컬러 어군탐지기와 최첨단 레이더로 참치의 움직임을 살핀 뒤 낚시질로 참치를 잡는 방식이었다. 낚아 올린 참치는 얼음과 섞어 냉장시킨 다음 곧바로 항구로 싣고 가서 비행기로 일본에 보낸다고 했다. 냉동 참치에 비할 수 없을 만치 수익이 크다는 얘기를 해준 선장은 도저히 다가갈 수 없는 세상일인 듯 먼바다만 쳐다봤었다. 선장으로부터의 얘기를 전해들은 갑판장은 눈을 휘둥그레 뜬 채 빙장선이 참치를 잡는 모습을 넋을 잃고 지켜보았다. 조타실에서 키를 잡고 있던 선장은 불쾌해진 얼굴로 마도로스파이프에 꽂힌 담배를 뻑뻑 빨아 당겼다가 길게 내뱉고 난 뒤, 녹슨 철 계단을 툭툭 두드리며 본사로부터의 소식을 담담하게 전했다.

"어이! 기관장! 본사에서 감척 명령이 떨어졌어!"

선장의 얘길 들은 나도 푸념처럼 신세 한탄을 내뱉었다.

"니미, 손때 묻은 이 배도 이번 항차로 마지막이 돼불겠네. 감척을 시키기로 결정을 해부렀다니께 말여. 나가 설 자리도 배와 함께 없어지는겨. 나맹키로 뱃놈 노릇 오래 하다 보믄 시상 물정을 도통 모릉께 철망은 곧 무덤으로 가는 지름길인데 말여."

나도 뒷짐을 진 채 먼바다를 바라보며 담배 연기를 연거푸 뿜어냈다. 갑판장이 내게 다가와서 낮은 목소리로 말했다.

"하선할 땐 하더라도 고따구로 말하지는 마소. 고런 말 미리 시부릿다가 사고 난 거 종종 봤다 아잉교. 하선, 그거 끼나 고동이나 하는 기 아이란 거를 잘 알면서 와 그라능교!"

갑판장이 내게 하는 말은 협박에 가까웠다. 지난번, 같은 선단 소속의 항해사가 선상 생활에 염증을 느껴 하선을 결정한 뒤 출항했다가 주낙에 딸려 바다에 빠진 걸 두고 한 소리였다. 본선의 스크루에 딸려 들어간 항해사는 토막 난 시신만을 간신히 건져 올릴 수 있었다. 그것만 보더라도 함부로 입 밖에 낼 수 없는 말이 하선이란 걸 누구보다 잘 알고 있는 나였다. 옆에서 갑판장의 말을 듣고 있던 선장도 나를 나무랐다.

"나만 하선하면 되는데, 기관장까지 왜 그러는 거야?"

나는 어느 누구에게도 지지 않으려는 듯 삿대질을 하며 목소리를 높였다.

"워매! 굼뱅이맹키로 느려빠진 배 한나 앵기고 말여, 선장이나 기관장이 늘그니 판단력이 떨어져가꼬 어획량도 팍팍 떨어저븐 거라꼬 시부렁거려 쌌는 거를 보믄 열불이 나지 않고 배긴당가! 배를 떠나 무덤으로 드러가는 헌이 있더라도 말시!"

나는 좀 전에 봤던 빙장선과, 만든 지 30년이 넘은 연승어선의 스피드를 머릿속으로 견주어봤다. 그건 우샤인 볼트와 초등학생이 달리기 시합을 하는 것과 별반 다르지 않겠다는 걸 느낀 나는 힘없이 말을 내뱉었고 내 말들은 곧 무풍지대에 흩어졌다.

"그랑께, 진작 돈 벌어가꼬 선주가 되뿌러야 혔지라. 나 거튼 뱃넘을 하선허라 마러라 맴먹은 대로 주무를 수 있는 사람 말이여라!"

내 얘길 들은 선장은 맥이 빠졌는지 참치 어군을 찾는 일은 뒤로 미룬 채 선원들을 선실로 불러들였다. 당번을 뺀 나머지 선원들도 눈치를 채고서 구석에 감춰뒀던 귀한 술을 아낌없이 꺼내놓았다. 어느 틈에 주방에까지 소식이 전해졌는지 손이 빠른 조리장이 급히 만든 닭도리탕을 선실로 가져왔다. 돗자리를 깔아 임시로 마련한 술상은 낮아서 편안했다. 둘러앉은 선원들의 모습도 분위기에 어울리지 않게 정겨웠다. 나는 술상에 둘러앉은 선원들을 죽 둘러봤다. 대충 보더라도 새로 건조한 배를 타게 된다면 누가 보이지 않게 될지 그림이 그려졌다. 그중에서도 톰의 얼굴에 내 시선이 가장 오래 머물렀다. 눈길이 마주친 톰은 내 마음을 읽기라도 했는지 또다시 겁에 질린 듯 어깨마저 움츠러드는 게 느껴졌다. 술잔과 함께 무거운 대화가 오가는 선실에서 선원들이 함께 내뱉는 한숨 소리는 한층 더 묵직했다. 내 얘기가 뱃사람들을 헤어날 수 없는 구렁텅이로 몰아간 것 같다고 생각했던 선장이 '아따, 그만해!'라며 입을 막았다. 나는 이왕 꺼낸 이야기를 매듭짓겠다는 듯 단호한 말을 내뱉었다.

"갈 사람은 언능 가야제. 남은 사람은 또 떠난 사람 빈자리를 메워야 허고. 전쟁터에 나간다고 다 뒈지는 건 아닌 뱁이여. 나가 잘못했응께 그만, 한숨을 그치더라고잉."

연승어선의 선원들은 평소보다 적은 양의 술을 마셨다. 어쩐지 술맛이 쓴 탓에 목구멍에 걸린다는 얘길 저마다 하곤 했다. 항해사는 평소와 다른 취기를 느꼈던지 배도 왠지 비틀거리는 것 같지 않느냐고 내게 말하며 갑판으로 올라갔다. 연승어선은 무풍지대의 참치를 찾느라고 떠돌다가 스쿨피쉬 조업을 하는 배의 곁을 지나치며 괜스레 물결만 일으켰다. 늘 선장과 다투기만 하던 갑판장이 어쩐 일인지 내게 다가와 조타실을 손가락으로 가리키며 말했다.

"저 양반이 하선하믄 갈 데라도 있능교? 성님은 저 양빈과 친하이까네 집안 사정을 잘 알고 있을 꺼 아이가."

나는 남편을 배 태워 보낸 선장의 아내가 제비족의 꾐에 빠져 재산을 날렸다는 얘기를 차마 할 수가 없었다. 젊은 날의 외로움을 이기지 못한 선장의 아내는 남자들과 술자리에서 어울리면서 제비족의 꾐에 빠져든 것 같았다. 보내준 돈을 제비족에게 죄다 갖다 바치고 만신창이가 된 몸으로 아이들을 홀시어머니에게 맡겨두고 야반도주했다고 선장이 술자리에서 얘길 했었다. 그러기에 선장에게 있어서만은 하선이 곧 무덤으로 가는 지름길이 될 수도 있겠다는 생각이었다. 개중에는 튼튼한 줄을 잡아 예인선 선장 자리를 꿰찬 사람도 있었다. 하지만 처음 잘못 채워진 단추를 고쳐 끼우는 건 나의 경우만 보더라도 쉽지 않은 일이었다.

배가 무풍지대에 접어들었다. 선장이 연승어선의 낡은 레이더며 구식 어군탐지기에 잡힌 참치떼를 발견하고 주낙을 풀라고 명령했다. 하지만 참치는 걸려 올라오지 않고 미끼만 날름 낚아채서 도망을 가곤 했다. 나는 또다시 선장의 심중을 헤아린 뒤 한숨 섞은 말을 내뱉었다.

“쫓고 쫓기는 쌈박질을 끝낼 때가 된 거를 지넘들도 아는겨. 물러서는 넘 하나쯤은 겁나덜 않는다는 말이거등. 핵교 댕길 때 허란 공부는 허덜 안코 막다른 골목에 내몰린 독재자의 마지막 순간을 볼라꼬 데모에 몸을 던져부렀던 내맹키로. 세상 어디서나 역사는 되풀이되는 갑서, 암만!”

참치잡이가 뜻대로 되지 않아 어창을 절반밖에 채우지 못한 배로 라스팔마스를 향하는 선원들의 표정은 어두웠다. 정들었던 조타실 문을 주먹으로 쿵쿵 때리며 내뱉는 선장의 말은 내 가슴에 와서 예리하게 꽂혔다. 이미 감척 결정이 내려진 배는 어쩔 수 없다지만 죽음의 문턱을 함께 넘나들며 목숨을 끈질기게 이어왔던 뱃사람들을 한 명이라도 더 살려야 한다는 생각이 든 나는 다급해졌다. 나는 며칠 전 남자 아기를 낳았다고 무전 연락을 받은 마이클을 설득해야겠다고 별렀다. 마이클이 본국으로 돌아가 봐야 배운 걸 써먹지도 못할 처지였고 남보다 돈을 더 벌어야 가족의 생계를 걱정하지 않아도 될 터였다. 마이클의 아내가 자신을 버린 미국 남자를 떠올린다면 우울증에 시달릴지도 모른다는 계산도 했다. 나는 마이클의 아내와 아이를 라스팔마스로 함께 데려와서 마이클네 가족이 오붓하게 살 수 있도록 해야겠다고 마음먹었다. 다행스럽게도 얼마 전 대한민국 국적법 제5조의 부칙이 새로 생겼다. 한국 어선을 탄 경력이 있는 마이클과 톰이 귀화하기에 더없이 좋은 조건이었다. 나는 말레이시아에서 대학까지 마친 마이클과 톰에게 한국어 능력시험을 통과하도록 가르치리라고 다짐했다. 대한민국 정부에서도 국내에서 원양어선 선원을 구하는 게 어려웠던 탓에 외국인이 쉽게 귀화하도록 정책을 변경한 터였다. 나는 마이클 가족이 한국인이 되는 게 국익에도 도움이 되리라고 믿어 그를 붙들고 설득했다.

"야 임마. 한국 사람이 되야불면 땡잡는 거시여!"

"기관장님, 땡이 뭐야?"

내가 소주를 병째 들고 마시는 걸 이해하지 못하고 언제나 생수라고 우기는 마이클은 종이컵에다 믹스커피를 타서 들고 앞에 앉은 뒤 고개를 갸웃거리며 말했다. 나는 대답 대신 마이클에게 한국어 필기시험에 나오는 문제 하나를 골라 넌지시 물어봤다.

"괄호 안에 무신 말을 넣어 불믄 맞을 거인지 골라보랑께."

"기관장님, 괄호는 또 뭐야?"

나는 울컥 솟아오르는 화를 다독거리며 그림을 그려서 설명해주었다. 그러고 나서 지문을 다시 또박또박 읽어 나갔다. 저녁이 되니 추워지네. 그러게 날씨가 제법 (**) 하지? 그렇게 문제를 읽어준 뒤 고를 답으로 '꿀꿀, 똘똘, 뚱뚱, 쌀쌀, 찜찜' 그 다섯 가지 단어를 몇 번이나 되풀이해서 들려줬다. 마이클은 별로 깊이 생각하지도 않고 손가락으로 쓸데없는 셈을 한 다음 '찜찜'이라고 대답했다. 더 이상 화를 참을 수 없었던 나는 마이클의 뒤통수를 힘껏 때리며 고함을 질렀다.

"요런 씹시키! 나허고 고로코롬 오래 지내 쌌는디 요런 문제 한나도 못 푼당가?"

"기관장님, 나 한국사람 안 할래!"

"빌어먹을 넘! 요럴 땐 또박또박 대구도 잘 함시롱 말시!"

나와 마이클이 티격태격하는 소리를 들은 갑판장이 둘 사이에 끼어들면서 부아를 돋우는 말을 툭, 던지고 갔다.

"거참, 와 그래 쌌소. 라스팔마스 한국인 학교에 가면 나굿나굿한 목소리로 갈카주는 선생이 있는데 말다. 그래 갈치야 귀에 쏙쏙 들어오는 법 아잉교."

한국어를 가르치는 요령이 부족하다는 걸 얕보고 갑판장이 어깨너머로 던지는 소리가 내 속을 뒤집었다. 나는 여태 참고 있던 화를 갑판장을 향해 쏟아부었다.

"니미 시펄, 넌 언 넘 편이다냐? 글자 한나라도 더 갈키서 싸게 귀화시킬라는 내 맴을 알기나 혀!"

"암만 그래봤자 소 귀에 경 읽기니 하는 말 아이요. 유치원도 안 댕기는 아 붙잡고 점 두 개 찍은 자리를 연필로 이으라 캐보소. 한 방에 잇는강. 절차를 무시하는 기 버릇이 되믄 나중에는 꼭 큰 사고가 나기 마련인기라."

씩씩거리던 나는 스스로의 부족함을 느낀 뒤 갑판장을 힐끗 째려보다가 어깨를 늘어뜨렸다. 마이클은 나와 갑판장이 싸우는 까닭을 알지 못하고 두 사람을 번갈아 쳐다보며 눈만 멀뚱거렸다. 잠시 후 주머니를 뒤져 수첩을 꺼낸 마이클은 열여덟 살 아내가 부쳐준 사진을 자신의 먼 미래인 양 들여다보고 있었다.

*

　감척 명령이 내려진 낡은 연승어선이 필리핀으로 헐값에 팔려가는 순간이었다. 항구에는 오래도록 정들었던 선원들이 모두 모여 침울한 표정을 짓고 있는 게 내려다보였다. 선장은 삼십 년 넘게 무풍지대를 함께 누볐던 배를 넘겨주지 않을 작정인 듯했다. 페인트가 벗겨진 마스트를 붙잡은 선장의 손에는 힘줄이 불거져 있었다. 굳게 다문 입에 물렸던 마도로스파이프의 담배는 저 혼자 타들어 가느라 연기를 눈가로 피워올리고 있었다. 담배 연기 때문에 얼굴을 문지르던 선장의 왼손 손등에는 뺨을 닦은 물기가 흥건하게 묻어나왔다. 한국에서 온 선주가 기다리다 못해 선장을 향해 고함을 질렀다.

　"어이, 선장! 빨리 내려와야 배를 인도할 것 아냐!"

　나는 바삐 갱웨이를 내려간 뒤 선주에게 다가갔다. 선주의 팔을 붙든 나는 말없이 고개를 숙였다. 나를 쳐다보고 난 선주는 '에이 참!' 하는 소리를 내뱉은 뒤 돌아섰다. 재킷을 펄럭거리며 주머니를 뒤져 담배를 꺼내 문 선주는 지포 라이터로 불을 붙였다. 곧이어 담배 연기를 내뿜는 선주의 어깨도 가늘게 떨리는 게 눈에 띄었다. 그 순간 내 귀에 둔탁한 소리가 들렸다. 나는 소리가 난 곳으로 급히 고개를 돌려보았다. 선장이 조타실을 떠받치는 나무 바닥에다 무언가를 힘주어 꽂은 소리였다. 조타실의 바닥 부분에서는 낡은 어선이 내는 마지막 광채인 듯 눈부신 반사광이 튕겨 나왔다. 반사광을 등지고 갱웨이를 따라 연승어선에서 느릿느릿 내려온 선장은 온다간다 하는 말도 없이 어디론가 사라졌다.

　날씨가 맑기로 유명해 관광객이 가장 많이 들끓는다는 라스팔마스 항구에 어쩌된 일인지 짙은 안개가 드리웠다. 드리웠던 안개는 잠시 만에 걷혔지만 낡은 배는 안개가 친 장막을 가리개 삼아 어디론가 떠나고 보이지 않았다. 낡은 배가 있던 정박지에는 어느 순간 새로 만든 배 한 척이 번쩍거리며 입항해 있었다. 곧이어 하얗게 칠이 된 갱웨이를 따라 눈부신 제복과 모자를 갖춰 쓴 남자와 여자가 몸을 꼿꼿이 세운 채 내려오고 있었다. 나는 고개를 숙여 입고 있던 낡은 작업복에 묻은 기름을 쳐다보고 옷자락에서 풍겨나는 비린내를 맡아봤다. 나는 까닭 모르게 설 자리를 곧 빼앗길 것 같은 위기감을 느꼈다. 무풍지대의 바다 밑에는 물에 빠진 사람들로 꾸려진 위험스런 세상이 분명히 있을 것 같았다. 그 때문에 적도를 지나치는 배들마다 제물을 정성껏 차려놓고 제사를 지낼 거라는 생각이 문득 들었다.

　선주는 눈부신 제복을 갖춰 입은 남자와 여자를 우리들 앞에 세워 소개했다.

"여기 계신 선장과 항해사는 참치잡이에 온 힘을 기울여야 할 여러분의 생명을 지켜줄 분입니다. 해양대학을 졸업한 사관으로서 새로 건조한 배와 함께 바다에 목숨을 바칠 각오로 승선한 것입니다. 박수로 두 분을 맞이합시다."

하지만 선원들은 심드렁한 얼굴로 마지못해 두 손을 배꼽 근처로 올려 손뼉을 칠 뿐이었다. 선주에게까지도 들리지 않을 정도였다. 신임 선장과 여자 항해사는 그런 일쯤은 각오했다는 표정으로 삐뚤빼뚤 줄지어선 선원들에게 다가가 일일이 손을 맞잡고 낮은 목소리로 무언가 얘기를 주고받았다. 여자 항해사의 작고 앙증맞은 손을 만져본 선원들의 눈에는 연민과 호기심이 가득 담겨져 있었다. 선원들과의 인사를 마친 신임 선장이 새로 만든 배를 묶어둔 계선항에 아슬아슬하게 올라서서 말을 꺼냈다.

"저는 이 배의 선장으로 발령받은 무풍남입니다. 사실, 참치잡이 배를 탄다는 걸 많이 망설였습니다만 마침 러닝메이트가 될 유능한 항해사를 만난 인연도 있고 게다가 기관장님과 전화를 한 게 결정적인 영향을 끼쳤습니다. 기관장님의 부탁처럼 하선하게 된 선원들 모두가 취업 걱정이 없도록 라스팔마스 기지에 참치 가공 공장을 짓자고 본사에 적극 건의할 예정입니다. 여러분이 부족한 저를 많이 도와주시기를 부탁드립니다."

허공을 바라보거나 옆 사람과 얘기를 나누던 선원들이 연설이 시작되자 점차 삐뚤빼뚤한 줄을 바로잡았다. 선원들은 옆에 선 동료들의 귓가에 손을 갖다 대고 속삭이며 눈을 반짝거리기도 했다. 신임 선장의 말이 이어지는 동안 여자 항해사는 꼿꼿하게 선 채로 미소를 잃지 않으며 가끔 고개를 끄덕거리고 있었다. 자신의 소견을 모두 밝힌 신임 선장은 고개를 돌려 여자 항해사를 쳐다본 뒤 선원들을 향해 말을 이었다.

"여기 계신 항해사는 해양대학을 수석으로 졸업한 유능한 바다의 일꾼입니다. 앞으로의 한국 어업은 항해사의 손끝에 달렸다고 해도 지나친 말이 아닐 겁니다. 지금까지와는 다른 수산 행정을 여기 계신 항해사가 펼쳐 나갈 겁니다. 남자들이 설 자리가 점차 줄어든다고 투덜거릴 분들도 계시겠지만 알뜰하게 살림을 꾸려나가는 일만큼은 남자가 감히 여자를 따라잡을 수 없을 겁니다. 이제껏 비어 있었던 절반의 자리를 항해사가 채워서 예전보다 알찬 참치잡이 선단이 되도록 하려는 게 이분의 원대한 꿈이기도 합니다. 여러분이 제 얘기에 동의하신다면 박수로 항해사를 맞아주시면 고맙겠습니다."

여자 항해사 소개가 끝나기 바쁘게 우레와 같은 박수가 쏟아졌다. 여자 항해사는 간단한 인사말을 선원들에게 남겼다.

"비어 있던 절반의 자리를 기꺼이 내준 여러분을 위해 선상에서 일어나는 여러 가지 폭력이나 비위생적인 요소들을 깨끗하게 씻어내도록 노력하겠습니다. 고맙습니다."

여자 항해사의 말에 말단 선원들의 박수 소리는 더 커졌다.

나는 고개를 돌려 그들을 째려봤다. 삼십 년 넘게 이어오던 원양어선 선단의 관습을 신임 선장이며 여자 항해사가 깡그리 뭉개려들 게 뻔해서였다. 특히나 여자 항해사가 배에 함께 타게 되었으니 참치가 제대로 잡힐 것 같지도 않았고 옷도 맘대로 벗지도 못할 것이며 갑갑하던 속을 풀어헤칠 요량으로 버릇처럼 내뱉던 욕도 못할 거란 생각에 답답해졌다. 본사에 전화를 했던 내가 우연히 해양대학 출신 선장과 통화를 하면서 낙후되어가는 원양어업을 함께 살리자는 얘길 괜히 했단 후회가 들었다.

새로 인수한 배의 현지 시운전을 위해 어로작업에 필요한 선원들을 모두 태우고 라스팔마스 항구를 벗어났다. 나는 마이클이 기관사가 되기 위한 트레이닝을 시킬 참이어서 잠시라도 기관실에서 떠나지 못하게 겁을 줬다. 시간이 날 때마다 매뉴얼을 펼치고 책의 그림을 보여줬다. 손가락으로 엔진에 조립된 부품을 견줘가면서 하나하나의 부속들이 하는 일을 머리를 쥐어박아 가며 가르치기도 했다. 배의 엔진이란 게 성능이 좋아졌다고는 해도 각 부분의 이름이나 구조는 별로 달라진 게 없었다. 달라졌다고 해봐야 손으로 조작하던 걸 전기 부품 하나 더 갖다 붙여 자동으로 조절하는 것뿐이었다. 그런데도 마이클은 서너 번 가르쳤던 걸 이해하지 못한 탓에 나도 모르게 욕이 튀어나왔다.

"씹시키! 어찌케 갈켜야 알아듣겄어?

"기관장님, 너는 처음부터 잘했어? 항해사가 욕하지 말랬잖아!"

방금 내가 한 욕을 귓가로 흘려들었는지 아무렇지도 않은 듯 시계를 들여다본 마이클은 '마깐'이란 말을 던지고 기관실 구석에 마련된 기도실로 향했다. 어린 아내가 다행스럽게 순산을 해서 아들을 낳았다고 연락을 해 왔으니 메카를 향해 올리는 기도는 더욱 진지할 것만 같았다. 나는 마이클의 등 뒤에 대고 악의 없는 욕을 섞어 놀리듯 말했다.

"또라이 시키, 배에서는 메카의 위치까정 흔들린단 말씨!"

배의 톤수나 엔진이 낼 수 있는 힘은 저번 것보다 나아지지 않은 걸로 매뉴얼에 적혀 있는데도 속도는 엄청난 차이가 났다. 연돌을 통해서 시커멓게 내뿜던 연기도 거의 보이지 않았다. 엔진에서 일으킨 힘이 소음이나 연기도 없이 움직인 탓에 연소 효율이 높아져서 기름도 적게 드는 것 같았다. 허비되는 에너지가 없으니 엔진의 힘이 스크루에 고스란히 전해져서 성능이 좋아진 것처럼 보이는 것이라 생각했다. 나와 마이클이 기관실에서 적응 훈련을 하는 동안 갑판에서도 주낙을 드리우거나 끌어올리는 훈련을 하는 소리가 엔진 소음에 뒤섞여 들렸다. 그렇지만 뭔가 빠진 듯한 느낌만은 지울 수 없었다. 그 무렵 신임 선장의 또박또박한 음성이 기관실 스피커에서 낭랑하게 울려 퍼졌다.

"유능한 기관장님 덕분에 완벽한 시운전이 되었습니다. 감사합니다."

나는 신임 선장으로부터 칭찬을 들으면서도 밀려드는 허전함의 정체를 떠올리려고 애를 썼다. 그 순간 기관실에서 갑판으로 나가는 유일한 통로인 해치에서 들어오던 햇살이 갑자기 사라졌다. 나는 고개를 들어 머리 위의 해치를 바라봤다. 그곳으로는 두 개의 종이컵을 쟁반에 받쳐 들고 빙그레 미소를 짓는 항해사가 나의 허전함을 읽은 듯 내려다보고 있었다. 항해사의 손에 들린 익숙한 커피 향기는 곧바로 코에 스며들었다. 나는 얼굴에 드러냈던 허전함을 서둘러 지우고 손에 묻었던 기름을 겨드랑이에다 닦은 뒤 항해사가 건네는 두 잔의 커피를 받아들고 눈을 찡긋했다. 여자의 몸으로 배에서의 고된 생활을 어떻게 이겨낼지 걱정스러웠던 나는 이래저래 속이 답답하기만 했다.

새로 만든 배가 성능이 훨씬 좋아진 컬러 어군탐지기를 써서 일본 수출용 횟감인 눈다랑어를 골라 낚았다. 라스팔마스 기지로 돌아오는 동안 눈다랑어의 내장을 빼고 얼음을 채워 냉장 상태를 유지시켰다. 라스팔마스 항구에서는 하선 명령을 받은 옛 선장과 톰이 배가 입항할 때만 기다리고 있었다. 통신장의 무전 연락을 받고 달려온 톰은 화물차에 참치를 실어 작업장으로 가져갔다. 화물차에 실려 온 참치를 본 옛 선장이 앞으로 나서며 말했다.

"어릴 때 소 잡는 걸 자주 봤지. 사바끼를 전문으로 하던 남자는 한 시간도 못 돼서 소 한 마리의 뼈를 죄다 발라내더라니까!"

옛 선장이 어깨너머로만 봤다는 칼 다루는 솜씨가 예사롭지 않았다. 선장의 엄마는 남편이 소를 자주 잡은 바람에 액운을 불러들인 거라며 제발 살생만은 하지 말라고 당부했던 거였다.

프랑스 선적의 배들은 얼음을 채운 참치 몸통 전체를 비행기로 실어 일본으로 수출했다는 얘길 들었다. 하지만 우리는 제 값을 받기 위해서라도 참치의 각 부위를 표준화된 크기로 잘라 투명 플라스틱 도시락에 담았다. 그런 뒤 태극기 문양이 찍힌 라벨을 붙여서 아이스박스에 채워진 얼음과 함께 비행기에 실어 일본으로 보냈다. 작업장의 컨베이어 곁에는 옛 선장과 톰이 아기를 업은 마이클의 어린 아내와 함께 서 있었다. 밝아진 얼굴로 계란 크기의 참치 눈알을 빼서 주무르던 옛 선장은 뭔가 허전한 듯 입맛을 쩝쩝 다시며 중얼거렸다.

"시부럴, 배를 탈 때는 이만 건 눈에 들어오지도 않았는데 말야! 욕을 하지 말라고 하니 입이 더 근지럽네 그려."

옛 선장의 푸념을 듣고 난 여자 항해사가 다가가서 참치 눈알을 든 선장의 손을 잡으며 말했다.

"선장님께 늘 욕을 듣던 게 습관이 된 선원들도 양념 한 가지를 빠뜨린 음식을 먹는 것처럼 허전한가 봐요."

뒤에서 옛 선장과 여자 항해사의 대화를 듣고 있던 내가 불쑥 끼어들었다.

"그런 말 말더라고잉! 입이 근지러운 건 지깟놈들보다 선장님이 훨씬 더할텡께!"

최신식 작업장은 젊고 패기 넘치는 신임 선장과 여자 항해사가 본사에 떼를 써서 받아낸 투자 자금으로 지어진 거였다. 작업장 옆에는 경량 칸막이로 지은 몇 채의 살림집이 보였다. 문짝이 달리지 않은 기도실에는 메카의 방향 표시가 선명하게 드러나 있었다. 가운데 집 앞의 빨랫줄에는 마이클의 아내가 빨아 넌 히잡이며 하얀 기저귀들이 햇살을 받아 배의 마스트에 걸린 태극기인 양 산들바람에 펄럭이고 있었다. 마이클 아내의 노랑머리 아들은 엄마에게 배운 말레이시아 말과 선원들이 가르쳐 준 한국말을 섞어가며 라스팔마스의 아이들과 아무런 어려움 없이 어울려 뛰놀고 있었다.

　며칠 있으면 나도 본사와의 계약 기간이 끝날 터였다. 마지막 항차가 끝나갈 즈음, 어창을 마저 채우려고 주낙을 풀어내던 내 몸은 까닭 모르게 휘청거렸다. 배의 난간에 기대서 육지를 바라본 순간, 한 무리의 안개가 눈앞을 가로막았다. 더듬거리며 기관실로 내려간 나는 곧 기관사가 될 마이클을 밀쳐냈다. 매뉴얼에 적힌 대로 엔진에서 감속기를 거쳐 스크루에 이르기까지의 동력이 전달되는 부분들을 차례차례 점검해 나갔다. 조용하기만 한 엔진이 전해준 열기는 바닷바람에 눅눅해진 몸을 뽀송뽀송하게 말려줬다. 감속기 안에서는 맞물려 돌아가는 기어의 규칙적인 진동과 오일이 뒤섞이는 소리가 끊임없이 들렸다. 엄마가 어린 나를 어르며 콧노래로 자장가를 불러주는 느낌이 든 나는 가슴이 서늘해졌다.

새로 만든 배는 무풍지대의 보이지 않는 위험조차 거뜬히 헤쳐 나갈 것 같았다. 감속기에서 빠져나온 동력축이 스크루를 힘차게 돌리는 데도 소음은 거의 들리지 않았다. 큰 힘을 내려면 시끄러운 소리가 나지 않는 게 더 유리하다는 걸 그때서야 깨달았다. 나는 나지막이 한숨을 내쉰 뒤 마이클의 어깨를 쓰다듬고 나서 갑판으로 올라갔다. 배는 주낙을 풀었던 자리로 되돌아가고 있었다. 무풍지대에 점점이 떠 있는 부표 주변은 무리를 이룬 새떼 때문에 짙은 구름이 낀 것 같았다. 신임 선장이 컬러 어군탐지기로 확인한 결과, 낚싯바늘마다 참치가 걸렸을 거라며 찢어진 입을 다물지 못했다. 젊은 선원들과 여자 항해사가 앞장선 어로작업은 순조로웠다. 전동 롤러의 힘에 의해 감기는 주낙을 따라 미국의 참치 통조림용으로 쓴다는 날개다랑어가 촘촘하게 걸려 올라왔다. 나는 그중에서 가장 크고 몸매가 늘씬한 놈을 골랐다. 언제나처럼 끝이 뾰족한 망치로 참치의 정수리를 힘껏 내려친 뒤 서서히 질척거리는 피로 갑판이 물들어가는 걸 지켜봤다. 곧이어 나는 검붉게 변한 갑판 위에다 미국으로 떠나버린 여자를 잊으려는 듯 손가락으로 굵직한 글씨를 썼다.

"아디오스 아툰."

작가의 말

  사십 년 동안 정을 쌓아왔던 은사님과 이별 후 외발로 선 자세가 기우뚱하다. 홀로서기가 이토록 어렵다는 걸 느낄 때마다 내가 서야 할 자리가 어디쯤인지 가르쳐주시려는 듯 은사님의 온화한 미소가 눈앞을 스쳐간다. 보듬기엔 미흡하기만 한 제자의 수상 소식에 전화기 너머로 건너오던 솜사탕 같은 당신의 목소리도 귀에 쟁쟁하다. 거제로를 지나칠 때마다 문득, 전화를 못 드린 죄책감이 들다가도 뙤약볕 아래 땀인 듯 흘렸던 눈물을 떠올리고서 퍼뜩 정신이 들곤 한다. 이 책을 받아 드시고 등 두드려주셨을 모습과 함께.

  늦깎이 작가가 된 뒤 새로 장가를 든 기분으로 화사한 봉변을 당하는 중이다. 언제나 내 곁에 머물렀던 글을 좀 더 일찍 품속으로 맞아들이지 못한 잘못을 뉘우치며. 밤 깊은 시간, 안겨오는 그녀를 스스로의 힘으로는 뿌리칠 재간이 없다. 아무도 다치지 않는 행복한 싸움을 이어가면서 질투의 대상조차 되지 못하는 글귀신과 함께하는 시간이 황홀하다는 걸 앞서가신 분들은 너무나 잘 아실 터. 덜컹덜컹 가슴 졸이고, 울렁울

렁 눈물 쏙 빼는 내러티브를 꾸려 나가라는 멘토의 얘기는 목표일 뿐, 세 번째 스무 살에 걸맞은 스토리만 줄줄이 떠오르는 걸 커피 향기로 틈새를 메우며 엉덩이의 힘으로 연식의 한계를 억누른다.

수록 작품의 대부분은 이미 공모전에서 수상한 것들이지만 또 한 번의 손길을 거쳐 세상에 내놓는다. 뒤늦게 살펴보니 엉성한 문장이며 적확하지 못한 표현들이 눈에 띠어서다. 문장은 다듬을수록 찰지게 바뀐다는 걸 안 건 그리 오래되지 않은 일이다. 얼마나 더 매만져야 내 품에 감췄던 자아가 S라인 몸매로 보일지 가늠할 순 없지만 글 속의 여자 또한 만들어지는 것이란 이론을 부인할 생각은 없다. 펜을 놓을 때까지 매만지리란 결심과 함께.

운 좋게도 나는 학창 시절 내내 국어과목만큼은 훌륭한 스승에게서 배웠다고 자부한다. 스승의 가르침이 씨줄이었다면 그 길로 이끌기 위한 삶의 울타리 안에서 일어난 크고 작은 에피소드며 역사적 배경은 날줄로서 나만의 글 세계를 꾸려 나가는 데 큰 도움이 되었다. 글감이 모자랄지 모른다고 걱정한 지인들이 뒤통수를 때려 화룡정점을 찍기도 했으니까. 그 때문에 언제까지나 변방에 머물면서 열정 하나로 상식을 뛰어넘을 궁리만 하고 있다. 죽을 만큼 힘들었던 고비를 넘어서는 자에게만 햇살 넘실거리는 초원을 디뎌 밟을 수 있다고 했던 누군가의 말을 떠올리며.

어릴 때부터 중년까지, 좌절하려는 나를 일으켜 세워준 선생님들과 작든 크든 깨우침을 줬던 멘토들께 뒤늦게나마 고마움을 전하며 얼마 전 세상을 뜨신 최해군, 이해웅 은사님의 명복을 빌어드리고 싶다. 축정, 이끌림, 대적, 대작 멤버들과 신공 모임을 통해 얼굴을 익혔던 전국의 모든 회원들께도 감사드린다. 말없이 뒷바라지 해준 가족들의 제각각 모양이 다른 사랑은 크기에 따라 8분의 6박자 악보로 작품의 행간에 감춘다. 중년에 이르는 동안 오래 부대끼며 글의 근육과 세포가 되어준 동기들이며 동문들이 보내준 따뜻한 마음도 잊지 못한다. 〈동양일보〉를 통해 등단하여 작가라 불리기까지 그림자처럼 따라다니며 러닝메이트를 자처한 한 사람의 따스한 마음은 책갈피 속에 곱게 접어 넣는다. 처음 내는 작품집이지만 원고를 읽고서 선뜻 발간하자고 손 내밀어주신 산지니 강수걸 사장님과 서툰 원고 읽느라 눈 시렸을 편집자들께도 고개 숙인다.

2015년 12월
김득진

아디오스 아툰 김득진 소설집

초판 1쇄 발행 2015년 12월 31일

지은이 김득진
펴낸이 강수걸
편집장 권경옥
편집 양아름 윤은미 문호영 정선재
디자인 권문경
저자 사진 서은영
펴낸곳 산지니
등록 2005년 2월 7일 제14-49호
주소 부산광역시 연제구 법원남로15번길 26 위너스빌딩 203호
전화 051-504-7070 | 팩스 051-507-7543
홈페이지 www.sanzinibook.com
전자우편 sanzini@sanzinibook.com
블로그 http://sanzinibook.tistory.com

ISBN 978-89-6545-327-7 03810

* 책값은 뒤표지에 있습니다.
* 이 도서의 국립중앙도서관 출판예정도서목록(CIP)은 서지정보유통지원시스템
홈페이지(http://seoji.nl.go.kr)와 국가자료공동목록시스템(http://www.nl.go.kr/
kolisnet)에서 이용하실 수 있습니다.(CIP제어번호: CIP2015033198)
* 본 도서는 2015년 한국문화예술위원회, 부산광역시, 부산문화재단
지역문화예술특성화지원사업으로 지원을 받았습니다.